1997年的蛹事件

栗鹿 著

江苏凤凰文艺出版社

图书在版编目(CIP)数据

1997年的蛹事件 / 栗鹿著. —南京：江苏凤凰文艺出版社，2024.7 (2025.10重印)
ISBN 978-7-5594-8645-5

Ⅰ.①1… Ⅱ.①栗… Ⅲ.①中篇小说-小说集-中国-当代②短篇小说-小说集-中国-当代 Ⅳ.
①I247.7

中国国家版本馆 CIP 数据核字(2024)第 090295 号

1997年的蛹事件

栗鹿 著

出 版 人	张在健
图书策划	李 黎 王 怡
责任编辑	胡 泊
责任印制	杨 丹
出版发行	江苏凤凰文艺出版社
	南京市中央路165号，邮编：210009
网 址	http://www.jswenyi.com
印 刷	南京新洲印刷有限公司
开 本	889毫米×1194毫米 1/32
印 张	7.5
字 数	130千字
版 次	2024年7月第1版
印 次	2025年10月第3次印刷
书 号	ISBN 978-7-5594-8645-5
定 价	56.00元

江苏凤凰文艺版图书凡印刷、装订错误，可向出版社调换，联系电话 025-83280257

序

知识是小说唯一的道德

吴 昊

初识栗鹿,缘起是对青年写作的观察。

在同济大学的一次对谈上,她出神地描述着自己的写作经历,居于岛上独特的观星体验,十分认真地向在场所有人介绍着关于宇宙的某些概念,天然地为她的作品风格披上了一层秘奥。

与栗鹿谈论写作时,她总是不吝惜解答各色疑问。更多的时候,她坦诚自己对于智性的渴求,对于小说这门技艺的沉迷。从《所有罕见的鸟》到《致电蜃景岛》,如何寻找一个能够激发自己不断生长的叙事容器，是困扰、激励青年小说家的问题意识。

常听人说栗鹿的故事有着一种梦幻感，她善于转换与变形，在抛出了成堆的概念，动用了自己青春记忆之后，留下一种关于"雾"的隐喻。她确实是行走在雾与梦之间，那些看似平常的岛民经验变得日益富有稀缺性、异质性；她确实是在不断地学习、吸纳新的写作技法，不甘于流水线写作的定式，执意离开属于她的"岛"，哪怕这会给她的主人公带来不适。读罢长篇小说《致电蜃景岛》，我感到了一种临界点的到来，无论是对于栗鹿的小说技艺还是她那颗求知的灵魂。

"蛹"作为本书的题眼再恰切不过。

往日的世界——所有经历的时间、事件、人，都可以瞬间湮灭在信息爆炸的时代里。来自天文学、病理学、植物学的各色知识，如果仅仅是放在书架上束之高阁的装点，那与现实的联系仍是隔绝的。在新的小说集里，栗鹿所呈现的是她走向现实的某种尝试——与世界连结。而连结的纽带仍是她痴迷的知识，在她的小说故事里，知识是唯一的道德。

在《1997年的蛹事件》里，六个故事是六种容器。在这些故事中，透过主人公好奇的眼睛，我们能够获得曾经留存之物在世间的痕迹。概念仍旧会不时地涌现,但是推动故事发展的动力从概念上升为行动,知识这一元素在栗鹿长久的磨砺与提炼下插上了时间的"箭头"——"它们"开始运动起来,故事开始自我生长。梦幻感是早期创作在栗鹿身上的馈赠,而打开下一阶段的写作,就是和弥漫在故事里的"雾"与"梦"的缠斗。所有的这些精神细节都被收束在"蛹"里,酝酿着蝶变,等待读者们的质询与检阅。

当我沉默的时候,我觉得充实;我将开口,同时感到空虚。

言语所能触及的真实存在着厚厚的障壁,开口说话就意味着可能性的消减,这无疑是世间可怖的真实。但当我们面对埃舍尔精心设置的视觉陷阱,沉溺其间,进而恍然大悟之际,那份属于智性的激越,又无限地逼近真实。二者之间的矛盾与张力,也正是阅读栗鹿小说作品的趣味所在。

是为序。

目录

幸福的乌苏里 / 001

空蛹 / 035

旷宇低吟 / 087

第四人称 / 125

无穷洞 / 175

雨屋 / 209

幸福的乌苏里

天使想停下来唤醒死者，把破碎的世界修补完整。可是从天堂吹来了一阵风暴，它猛烈地吹击着天使的翅膀，以致他再也无法把它们收拢。这风暴无可抗拒地把天使刮向他背对着的未来，而他面前的残垣断壁却越堆越高，直逼天际。

——本雅明《历史哲学论纲》

　　列车来了，瞬息间，数百张脸在车厢的灯光下闪烁，列车在呼啸中减速、缓行、停驻，车门打开。明明随着人流涌入车厢，红色警示灯亮起，催促几声后，车门关闭。车厢被乘客塞得满满当当，连油腻的扶手上都爬满了手。

　　列车发动时伴随巨大的晃动，乘客被颠得东倒西歪，站立不稳。明明赶紧倚靠上扶手保持平衡，又将一只购物袋置于双足之间，迅速夹紧，然后从裤袋里摸出手机漫不经心地在屏幕上划起来。一档常听的播客节目更新了。明明将耳机塞入耳朵，这期节目的选题很时兴，聊千禧时代的 Y2K 美学。嘉宾是一个全网粉丝达到一百万的 KOL，明明没有听说过这个 KOL，但她应该很红，节目的播放量在一个小时内突破了五千次，以往这已经是总播放量了。

列车呼啸着驶入更暗处，信号时断时续。

"千禧年前后，我们对一切是有预感的。"

"地球村、奥运会、科幻、未来、灵修、冥想都是 Y2K 美学的关键词。"

"有一种音乐风格叫 New Age。"

KOL 的嗓子像得了喉炎一样扁平且粗粝，但语速极快，思维跳跃，给人一种新鲜的速度感。

"大家还记得千禧年前后，有一只叫乌苏里的明星熊吗？它很喜欢模仿人。"

"我没有印象。"对主播来说，这个话题显然有点超纲。她声称自己出生在 1995 年，对这只熊没有任何记忆。

但 KOL 显然很想好好聊一下这个话题。"乌苏里曾经是一只明星熊，在网络还不普及的时代可以说是动物界的周杰伦。因为我老家是梅山的，它几乎带动了整个梅山的旅游业。你，真的没有听说吗？"

"可能长三角和珠三角的圈子不太一样吧。"主播笑着说,"我是珠三角的。"

"它真的是一个明星,现在也有二十多岁了吧。以前还拍了一部以它为原型的电影,名字就叫《幸福的乌苏里》,我们全校一起组织去看的,没有印象吗?"KOL 再次试图打开主播的记忆宝盒。

主播再次申明:"真的没有印象。它叫什么来着?"

"它叫乌苏里,是一头乌苏里棕熊。最近我回梅山,想去动物园再看看它。但是棕熊区却不见它的身影,听工作人员说,它好像生病了。"话到此处,KOL 也无意再聊下去,她适时切换了话题,从乌苏里谈及迁徙的象群,和消失的豹。

到站了,明明被人从身后推了一把,脚下趔趄,差点摔倒,她没有回头,也没有发声,低着头快步冲出了车厢,有人提醒她东西没拿,但她听不到。喧嚣的地铁站被回忆夷为旷地。

乌苏里出生在 1999 年。那时明明七岁,读小学二年级,和家人们住在梅山市的梅湖镇。那里地处丘陵地带,葱茏的小青山东一座西一座,也有几座环在一起,拥抱物产丰富的湖泊。上世纪九十年代,梅山市欣欣向荣,钢筋混凝土的高楼被数以万计的工人们建造出来,插在小青山和湖泊之间。明明一家仍然住在远离市区的矮山顶上，透过卧室的窗户，就能望得到梅湖，以及另一座种满了杨梅树的山。

当时全国各地的公园和集市都流行一种畸形展，猎奇的人们只要花上两三块钱，就能看到双头蛇、连体婴和花瓶姑娘。明明曾和外婆慕名去看过花瓶姑娘，当时畸形展上最火爆的节目。展台其实是一只46英寸电视机大小的木箱子，它被随意放置在一个带滑轮的平板车上。木箱里摆了只青花瓷花瓶，瓶口长出一个女孩的脑袋，化着浓妆，看不清表情。外婆说，喏，花瓶姑娘！明明踮起脚尖，挤入拥挤的人群，想弄明白是怎么一回事。

展台前的主持人拿着一只拖线很长的话筒对观众讲解："花瓶姑娘从小得了一种怪病，骨头很软，只能住在花瓶里。花瓶姑娘和花瓶是共存的，只要离了花瓶，花瓶姑娘就活不了。"话筒不时发出尖锐刺耳的噪声。主持人拍了拍话筒，紧接着说："只要五块钱，就能问她一个问题。"一听到要给钱，喧闹的观众群瞬间安静了，过了好一会儿，才有观众付了钱，问她平时吃什么。花瓶姑娘说，只喝牛奶，输营养液。

花瓶姑娘的发声又引起了一阵骚动，很多人都想掏钱了。但外婆抢得了先机，她迅速从口袋里摸出五块钱，突破层层人群，递到主持人手中，人群让开一条道，话筒递过来。"问吧。"主持人说。外婆有点怯场，她推了推明明说:"是小孩子要问。"明明的心跳得厉害,胸口被什么东西踩着,有种想吐的感觉,但话筒已经戳到了她的下巴上。

"那么,这位小朋友,问花瓶姑娘一个问题吧,她会如实回答的。"主持人说。

"你疼吗?"明明脱口而出。

"不疼。"花瓶姑娘像一只被人捏在手里的蝴蝶,细细的嗓子里发出很小的声音,几乎听不见。"不疼的。"她对着话筒重复了一遍,以免众人没有听清楚。

明明看了一眼花瓶姑娘,她面色红润,不像生病的样子。她身下的花瓶,是附近一个家具店常年八十块清仓甩卖的款式,不同的是瓶口更小,如果要住在里面的话,她的脖子会像蛇一样细,这就解释了为什么她说话的声音那么小。明明被吓坏了,她挣脱了外婆,逃离了人群。多年以后,这个奇怪的场景仍然会在她的梦境中再现,她忍不住去梦见花瓶中藏掖着怎样畸形的躯体,忍不住去梦见自己的身体被装进花瓶。

从春天开始,畸形展一路环山流动。到了秋天,梅湖公园又办起畸形展。自从见了花瓶姑娘之后,明明对畸形展失去了所有兴趣。但她听说,有人在畸形展上看到了熊。明明不信,她看过《动物世界》,熊应该在西伯利亚。有人说，熊是狮子狗假扮的，也有人说是貉子或野猪，总不可能是一只真正的熊。

明明在车站等车，那个片区的孩子们都会花一块钱，坐环城车上学，环城车途经梅湖镇所有的学校。排在明明前面的是贝贝，她梳着两只羊角辫，皮肤像面团捏的，白净而柔软，眉眼也一并被揉开，显得有些分散。她像往常一样穿着很干净的格子背带裙和一双果胶质地的塑料凉鞋，身后背着一个木头琴盒，里面装着一把很小的小提琴。只有孩子纤细的手指，才能准确按住琴弦上的音符。明明和贝贝住在同一座矮山上，她经常听到贝贝拉琴，曲子总是《欢乐颂》和《北风吹》，一喜一悲，交替呼应。

"你今天怎么带琴啦？"

"老师说可以带。"

贝贝说的每一个字都拖着长长的尾音，像彗星缓慢滑行。明明和贝贝原来在一个班级，但贝贝没有升入二年级，新学期开始，贝贝就要去培仁学校读书。上了车，贝贝依然坐在明明身边，她说她看到了熊。有孩子的声音从后方传来："怪胎！怪胎！"明明继续和贝贝说话，她只想知道有关熊的事。"是活的还是死的？""活的，我去看的时候还是活的，现在就不知道了。""多大？""很小。""会不会看错了？""不会，我在《动物世界》里看过熊。"

贝贝的话总是很可靠，她的琴声也是这样，缓慢的，粗粗的，没有美感，但是可靠，错了就从头再来。环城车在培仁学校前停了下来，贝贝把琴重新背起来，在一车异样的目光和窸窸窣窣的谈论中，贝贝艰难地从座位上起身，然后对身旁的明明说："我不想去的。"下车的时候琴盒盖住了她的身体。

明明朝车外望了一眼，培仁学校曾是一个加工模具的小工厂，巧的是，贝贝的父亲曾经是这里的厂长。工厂倒闭后，这里改建成培仁学校。贝贝已经走到了校门口，车发动了，贝贝转过身来，笑着朝明明挥了挥手说着什么，但听不到。后来明明才知道，这里专门接收聋哑学生和低智学生。

越来越多的人看到了熊，外婆也听说了，她想去看熊，但妈妈说："你自己去，别带小孩。"这天是星期二，晚饭后突然停电，妈妈查看电闸后排除了跳电的情况，又派明明到屋外看看邻居家有没有电。邻居已经聚集起来了，他们站在户外大声谈论停电的事。是大停电，整个梅湖镇都没有电。明明朝远处望了一眼，所有的山、湖泊、房子、小店都熄灭了，趁着暮色，外婆也出来了，她对着黑暗喊了声："都停了啊。"也不知道谁大声回了句："都停了，整个梅湖都停了。""又给大上海支援电力了,我们也去点蜡烛吧。"外婆说。

妈妈早就在客厅和厨房里点了几根蜡烛,屋里恢复了一点光明。明明闻到一股浓烈的香水味,妈本来要去舞厅的,看来泡汤了,明明觉得无聊,便又走到屋外,一边等晚归的父亲,一边玩起了手电筒。她把手电的光照在远处,照亮了正在酝酿变色的橘子。一只柑橘凤蝶的幼虫正在树干上缓慢爬行,啃食嫩叶。她又把光照到石阶上,光圈忽大忽小,自由自在。忽然,路口又出现了另一束光,与她的光束交叠在一起。她开心地大喊:"爸爸回来啦!"

只听一个稚嫩的声音回道:"谁是你爸爸?"邻居家的孩子小松举着手电,忽然出现在明明面前。他披着一条印花流苏毯子,不断晃着手电,嘴里还发出哔哔的声音模仿开枪。"你来干什么?"明明说。他们小时候玩过,但上了小学后突然有了性别意识,彼此生疏了。

"我妈让我来借蜡烛。"

"要几根?"

小松伸出三根手指。过了好一会儿,明明才拿来两根蜡烛,交给小松。"只有两根了。"小松将蜡烛揣进兜里,临走前忽然对明明说:"你见到熊了吗?"

"没有,你见到了?"

"我打算去看。"

小松的父亲在梅山市动物园工作，他一定见过熊。

"我想去看熊。门票只要两块钱，但去看熊却要三十元，两个人的话只要四十五元。我们一起去看熊。"

"不去。"

"为什么不去？是一只西伯利亚大熊。"小松将毯子撑起来，比画着熊的大小，"这么大！你怕了？"

"不怕。"

"不怕就和我去看熊。"

"好，看就看呗。"

交换了承诺后，小松就回家了，冷色的月光降落在他背上，弱化了他的轮廓。当他走入建筑的阴影时，他将手电举得高高的，路上出现一圈巨大的暖色光影。小松消失了，世界消失了，只有光在走动。

明明记得小松喜欢看《动物世界》，他最讨厌狒狒和鬣狗。他喜欢羚羊和猎豹，但很奇怪，猎豹吃羚羊。明明并不喜欢看，她觉得动物的故事都很残忍。小松离开后不久，好像有无形的手拨动了所有电源开关，啪，电力之神降临，光明重返人间。

和成人不同，孩子并不回头看，也没有稳定的长久计划。他们喜欢夸大的未来和近在咫尺的惊奇，比如看熊。第二天放学后，明明和小松在通往梅湖的木栈道上密谋看熊的计划。贝贝的爸爸方才在湖边钓鱼，这会儿正收拾渔具准备回家，红色塑料桶里只有几尾不足为道的小鲫鱼。贝贝的爸爸看起来并没有什么烦心事，反而比从前笑得更多了，临走前，他对孩子们说，要小心涨潮。明明告诉小松，她拆了一个一角钱纸币折成的菠萝桶，又把存钱罐里的零钱都取了出来，总共十九元，再也凑不出钱了。

"我这里也差了八块钱。但不要紧，他们常常是打一枪换一个山头，这里生意好，他们会多待一阵子的，那时候，就没有那么贵了。"小松说。

这时湖水涨上来了，木栈道四处漏水，很快，他们就像站在一艘正在沉没的船上。

小松的预感是对的，一个礼拜以后，该去的人都去过了。办展览的人不得不骑着脚踏车，举着扩音喇叭一个山头一个山头地喊：特大喜讯，精彩表演，尽在梅湖公园。演出门票，低至两元！看熊的门票也从三十元跌到了二十元、十元。现在只要五块钱就能去看熊了。他们到达公园的时候，已是下午四点，还有一个多小时，太阳就要下山，吹来一阵阵凉风，让孩子们分外清醒。买完门票，他们顺利进入公园，往落羽杉那里走去，展览就办在那边。

下午时落过一场雨，泥地上坑坑洼洼，散落着肮脏的纸牌、糖纸、烟头。展览区里的横幅布满泥斑，大多数展位都已经撤走了，只有零星游客聚集在几个小吃摊上，买年糕饺和茄子饼。

孩子们迅速穿过小商贩地摊，来到展区中心。泡在福尔马林玻璃瓶中的畸胎露天摆着，地上有个铁笼子里关着一只死掉的大老鼠，绿头苍蝇正聚集在它鼻子上的伤口上，笼子旁边竖着一块牌子，用小学生的字体写着：实验室十八斤变异大老鼠。明明吓得一哆嗦，往小松后面靠了靠。"没什么好怕的，竹鼠而已。它们非常怕光，白天这么热，是被热死了。"还有几顶帐篷是另外收费的，有些只向成人开放。在两棵落羽杉之间，扎了一顶红色的帐篷，横幅拉在上方：西伯利亚大棕熊。已经没有人排队了，也没有人收费。这时他们看到一个身材高大的女人从一个木箱的后方走了出来，是花瓶女孩，她下班了，好心地对孩子们说："来看熊的吧，看门的人不在，去吧。"

他们没有想到如此轻易就看到了熊。但西伯利亚大棕熊的名号实在与它的身形不符，果然只有一只狮子狗那么大，所以他们用关老鼠的铁笼子关这只熊，笼子里有一只肮脏的碗，浮着层稀薄的奶状物，苍蝇正肆无忌惮地搓手吸食。熊趴着，金棕色的毛发上沾着湿漉漉的污秽，笼子底部垫了薄薄的几张报纸，写着巨大的彩票中奖信息，它们被幼熊的尿液泡软了，正在失去形状。帐篷里散发着一股新生与死亡交叠的味道。

熊的一只前爪挡在头部，看不清它的脸。明明说，这只熊已经死了。她向后退了几步。

小松绕着笼子走了一圈，又走了一圈。笼子很小，熊的毛发从铁格子里露出几撮。小松伸手摸了摸，熊的身体微弱地抽动了一下，就像孩子做噩梦失足从高处跌落时的一瞬惊厥。

"怎么样？"

"有点硬。"

明明伸出一只手，戳了戳熊的肚子和爪子，欣喜地说："它的身体是热的，爪子是冷的。"

"它活着，它的爪子刨过雪。"

"我们把熊带走吧。"

"把熊带走？他们会把我们抓起来。"

"不会的，没有人。"

"把熊带走以后呢？"

"你爸爸是动物园的饲养员，让他交给动物园不就好了。"

小松到外面看了看，天快黑了，公园即将关闭。他从花瓶女孩的展台上揭下一块黑色的幕布，罩在熊的笼子上。然后两个孩子拎着笼子，飞步往公园门口跑去。

一路上，两个孩子一句话都没有说，他们心中只有一个信念，把熊带出公园。虽然熊还很小，但对孩子来说，要拎着它跑起来并不容易，手指被铁丝勒红了，手臂酸了，但他们一步都没有停下来。太阳一点点坠入落羽杉林中，走出公园的时候，落日的金光刺得他们睁不开眼睛。孩子们已经精疲力尽了。到达公交车站的时候，明明累得瘫坐在地上，大约五分钟后，125路公交车来了，它将开往一个他们从没去过的地方。但他们没有害怕，他们谁都没有说话，上了公交车后，一路冲向最后一排，看着公交车门关上，他们对视一眼，终于放松地大声笑出来。明明揭开幕布，碗倒扣着，熊好像动了一下。太阳一头扎进地平线下面去了，把天空烧红了。小松说："你们教《火烧云》了吗？"

"教了。"明明说。

两个孩子不约而同背起了课文，背到最后一句，都有些不解。"可是天空偏偏不等待那些爱好它的孩子。一会儿工夫，火烧云下去了。"

梅山市动物园收留了这只熊，明明和小松解救小熊的事迹也登上了当地报纸。记者问孩子们，为什么要救熊，明明想了半天说不出话。小松说，熊和我们一样，它就是我们。但最后报纸上写的是：熊是珍稀动物，我们是少先队员，要保护珍稀动物。可他们才二年级，戴绿领巾，根本不是少先队员。大概是为了修饰这个错误，报道出来后没多久，明明和小松很快就成了第一批少先队员，在国旗下戴上了红领巾。

明明和小松并没有很多机会见到熊，毕竟去市动物园要坐一个多小时的车。但他们总能从小松爸爸的口中听到熊的事。儿子救熊的事迹传开后，沈伯军顺利接手了棕熊，成了它的专职饲养员。在那之前，沈伯军是喂养河马的，河马的脾气很差，拉的屎又很臭。小松说，在亚马逊河里，他们拉的屎能毒死所有的鱼。所以爸爸对照顾小熊的工作很满意。

明明对小松的爸爸并不陌生，以前他常到家里来和明明的爸爸打扑克。沈伯军话不多，个子不高，头发长得很好，皮肤白白的，说话声音很轻，每次见到他，手里总是拎着食物，最少也是一把葱。他总想给家人带回点什么。明明一直觉得，小松以后会长成他爸爸那个样子。

沈伯军工作繁忙，周末才能回来。明明就会找借口去小松家里一起做作业，顺便听小松爸爸讲小熊的事。它是一只乌苏里棕熊，才三个月就和母亲分离了，他们怀疑母熊已经遭遇不测，应该是盗猎者干的。幼熊可能几经转手才沦落到畸形秀剧团，它头上有一个伤口，舔不到，又很疼，就总是去挠，出现了严重的细菌感染，动物园请医学专家过来会诊，用了大剂量抗生素才救回它的命。

后来，小熊有了名字，就叫乌苏里。梅山话里的"乌苏"是潮湿、不清爽、闷腻的意思，配合熊敦厚的模样，别有一番戏谑的可爱。小松的爸爸说，乌苏里棕熊能长到三百多公斤，体长能达到两米。乌苏里是一头母熊，也能长到二百公斤，体长可达一米七。"四境之内，凡其所欲者，攻无不取，连东北虎都让它三分。"孩子们瞪大了眼睛，很难相信狮子狗大小的乌苏里能长成如此巨大骇人。

"它喜欢吃什么？"明明问。

"东北同事给它带了椴树的蜂蜜，它可喜欢吃了。"沈伯军说。

他还说，乌苏里已经可以出来活动了，动物园为它专门建了一个棕熊馆，即将择日对公众开放。他拿出一张乌苏里的照片，照片中的小熊像人一样直立着，伸长了脑袋，在挥手。

"它怎么像人一样？"

"是的，它喜欢站起来，学人走路。不像别的熊，胆子小。乌苏里是一只真正的乌苏里棕熊，在雪天出生，见过针叶林。这就叫见过世面。"

乌苏里不喜欢待在室内，它喜欢到处走动。乌苏里性格温顺，况且年纪还小，沈伯军经常牵着绳子带它在动物园里四处闲逛。它特别喜欢模仿沈伯军的样子走路，憨态可掬的样子惹得众人垂爱不已。

乌苏里两岁的时候，有动物学家对它进行了镜像实验。他们搬来一面镜子放在乌苏里的活动室里，然后打开摄像机，观察并记录它的反应。起初，乌苏里对镜子中的熊非常警惕，它被吓得躲到角落里。但没过多久，它就发现镜像里的那个东西，和自己有着一些关联。乌苏里做出一个动作，镜子里的熊同时重复那个动作，乌苏里开始用爪子挠镜子，又绕到镜子背后，确认那里是否有别的"熊"，还会凑到镜子前用鼻子闻一闻，舔一舔。大概一周以后，工作人员趁乌苏里不注意，偷偷在它脑门上贴了一张黄色便利贴。乌苏里走到镜子前，发现镜子中的熊头有一个黄色不明物体，它凝滞片刻后，忽然把爪子放到头上，把便利贴拔了下来。科学家惊呼，乌苏里具有自我意识，它认得出镜子中的那个熊就是自己。

乌苏里成了一只明星熊，大量的报道蜂拥而至，各种神奇的解读和追捧让它大受欢迎，当时动物园门票被炒高一倍，游客数量却只增不减，有其他省、市的游客搭乘飞机、火车来看它。乌苏里三岁的时候，电影院上映了一部名叫《幸福的乌苏里》的电影。主要讲述两个孩子解救小棕熊的故事。电影里，由三只不满周岁的棕熊扮演乌苏里。由两个上海的小演员扮演明明和小松，乌苏里在电影结束时登场，它在动物园里过着童话般幸福的生活。但明明和小松却并不喜欢这部电影，他们隐隐觉得电影里的漂亮演员代替了自己，那三只棕熊也代替了乌苏里。

这期间，明明和小松去过一次梅山动物园。当他们见到乌苏里的时候，惊奇地发现，乌苏里竟像游客一样趴在铁栅栏上观看园子里的动物，假山里关着两头黑熊，它们曾被活取胆汁，其中一只身上长满了肿瘤，已经不大活动。另一只体型小得出奇，因为常年被关在笼子里，它长成了一只侏儒熊。明明忘不了这一幕，乌苏里的身体像人一样直立着，右腿随意地搁在一块石头上，两只前爪自然地在垂放在铁栅栏上，目光直直地看着黑熊。它在想什么呢？

"它变成了一个人。"小松对爸爸说，"你为什么不把它关到笼子里去？"

"没事的，还小呢。"小松爸爸笑嘻嘻地说。

乌苏里五岁的时候，梅山动物园搬到新址，作为饲养员的沈伯军被调往林业局工作，管理上千棵古树名木。乌苏里越长越大，已经与成年男子等高，体重达到了二百斤。游客见到它都有点发憷，它被单独关到了棕熊馆。到了发情的年纪，动物园又引进一只成年雄性棕熊，雄棕熊和乌苏里交配时咬伤了它，幸好伤得不重。乌苏里的伤愈合了，但它再也没有交配过。

明明和小松十四岁了，学业繁重，并不常在一起玩，但彼此之间仍维系着儿时的亲密。明明家的十几棵杨梅树素来无人打理，仅靠阳光和雨水自己活下来，熬过漫长阴湿的冬季，到了初夏时节，青绿色的果实忽然就被点染出暖色，一天比一天更深。趁果实还未被鸟啄完，明明邀请小松一道去摘杨梅吃。他们摘啊摘，不断把果实往嘴里送，将果核吐到泥泞的地上。地上紫一片，黑一片，掉落的果实被踩成了果酱。前夜又下过一场雨，小松脚下一滑，明明去扶他，却被小松一起带下了山坡。矮矮的丘陵并不陡峭，两人只是擦破了皮，但身上滚满了杨梅和泥巴，浑身一股发酵的腐烂味道。他们灰溜溜到家，明明的外婆笑话他们，抱在一起滚下山，可是要结婚的哦，两人的脸都红了。入冬后，明明的父母离异。父亲搬到了市中心，明明也转到市里的一所中学上学，偶尔才回到梅湖的家。

初三时春游，明明的学校组织孩子们去新梅山动物园游玩，其中一个项目就是看乌苏里。多年过去，很多孩子还是记得它，早早准备了零食准备投喂。学校特意邀请小松的父亲做向导。在摇摇晃晃的公交车上，孩子们伸着头，听着这只小熊的故事。沈伯军说了很多话，好像把一辈子的话都说完了。明明也不断向大家诉说着她儿时的奇遇，她好像从未受到这么多关注，从未说过这么多话。

好不容易步行到偏远的棕熊馆，同学们却失望了，乌苏里被关在棕熊馆里，和大家隔着厚厚的玻璃，它不停地踱来踱去，好像在寻找出口。明明回忆起第一次看到乌苏里的样子，当时它在一只铁笼子里，奄奄一息，只有一只狮子狗那么大，和眼前这个庞然大物无法联系到一起。有同学问乌苏里怎么了，工作人员说这是一种刻板行为。

明明注意到沈伯军脸上一种凝重的担忧。园方不可能让乌苏里走出来，但他们同意让沈伯军再喂食它一次。不知道为什么，当沈伯军走进棕熊馆的时候，明明感到一种强烈的不适。大家都在向前挤，但她又像那个在畸形展的孩子，想要逃离，于是退到人群外沿。

明明听到了尖叫声，一开始她以为有人晕倒了，后来几个穿着工作服的大人抬着一个满头是血的人从棕熊馆后门快步跑到了草坪上，带队的老师摇着旗子，催促大家集合，声音在发抖。队伍里的同学说，熊吃人了，谁都不知道为什么，乌苏里一见到昔日的饲养员，就扑了上去，小松的父亲重重地摔倒了，头部撞击到一块假山上。她不记得那天救护车是什么时候来的，又是什么时候驶离了动物园。她忘记怎么回到家中，只记得那辆大巴空前沉默，身后的夕阳红得可怕。她又想起《火烧云》：可是天空偏偏不等待那些爱好它的孩子。一会儿工夫，火烧云下去了。一周之后，小松的爸爸在医院去世了。

明明觉得，如果不是她要求带回乌苏里，小松爸爸兴许就不会死。为此她痛苦了很久，每次有人谈论起小松一家的悲剧，仿佛都在把她曝在砧板上切碎。为了不遇到小松，明明很少再回梅湖。关于小松的事情，都是从各方邻居和昔日同学那里听来的，听说他成绩一直不错，只是没有那么活泼了。爸爸去世后，妈妈一直独自抚养他，他考入了市重点，考到了理想的大学，读英语系，后来在政府单位工作。十二年前，他在驻坦桑尼亚使馆的工作任期结束时，辞去工作，留在当地过起了与野生动物朝夕相处的生活。

明明查到了小松的公众号，偶尔会阅读他写的文章，从而得知了一些近况。2017年后，小松来到了塞伦盖蒂国家公园，帮助猎豹研究中心担负起寻找猎豹的工作，收集整理它们的信息。他与一只名叫希拉的猎豹互相建立了信任,他观察它捕猎,休憩,争斗,产仔。亲眼目睹它痛失幼崽。希拉有时会在他的车盖上睡觉,甚至会向小松寻求庇护……明明非常不解,为什么小松会选择和动物在一起,是喜爱,是困惑,还是另一种她无法理解的复杂情感?难道他不曾恨过乌苏里吗?

明明不想回梅山,但房子已经易主,她得回去收拾个人物品。在此之前,妈妈已经把外婆的遗像和遗物都带走了。她搭乘舅舅的车,再次回到梅湖镇,途经一个巨大奇异的建筑物,匕首般刺入荒凉的土地中。明明问舅舅,那是什么。舅舅说,那里是浙江省最大的烂尾楼,里面有小泰晤士河,小香榭丽舍,小第五大道,全部仿制真实的街景,可以住三十万居民呢。但是终究没有完工,居民也只有两三万。

"还有人住的?"

"要开过去看看吗?看看小泰晤士河,造得蛮好,蛮英伦的。"

明明摇摇头说,不去了。她向来害怕荒凉。

外婆是忽然离世的,车祸,尸首分离,冰箱里还存着刚做完的年糕饺,准备给明明寄到上海去,老太太已经学会收发快递。十年前矮山已经修出了一条车道,私家车可以开上去了。送完明明,舅舅便回市区,十月的阳光依然焦灼，时间尚早，洗衣机还能用，于是明明洗了一床被子，把被子拿出去晒。她感觉身心得到了放松，再来就是游客了，何不再住一个晚上？于是她打电话退了预订的酒店房间。

该如何度过这漫长的夜晚呢？一个熟悉的朋友亲眷都没有了吧，到了晚上，偌大而空幻的宅子着实让人害怕。她忽然想起，外面到处都是光明与人群，何不到处走走看看故乡的变化呢。

月亮逐渐亏去，但整夜可见，在丝绸般的浮云中，像一只缺眼的忠诚老狗，走到哪儿跟到哪儿。她故意加快脚步，想摆脱它，但很快，月亮升得更高了。不管她到哪里，它都能穿过植物的缝隙和建筑物的空隙伸向她。月亮升到了屋檐上，再也躲不开了，她不自觉地往梅湖走去。铃兰花形路灯排成两列，整齐地矗立在路边，不断有居民和游人往湖边走，她已经望见湖了，晚上也有钓鱼的人，但木栈道不见了。

她走到湖边，想确认木栈道的去向，在那儿，她看到了一个几乎算是可怖的人。原以为他会长得像他的父亲，他却越来越像他自己。他看上去老了些，眼角的褶皱似乎不是陡生的，面庞变得严肃不可接近。他穿着一件灰色棉质短T恤和一条看不清颜色的裤子，黢黑、精瘦，四肢上凸起的血管如树的根茎。但她一眼就认出是他，那双正直温顺的眼睛。

啊！小松，你回来了？她心里有许多话，像潮水一样涨上来。播客，搬家，草原，一只叫希拉的猎豹，一个接一个的死亡，还有乌苏里，但什么都说不出来。小松愣在那里，看着眼前这个没有任何孩童气的女人，认了半天，试探地叫出她的名字：明明？

明明不想承认，她就是明明。但她又实在很高兴，便脱口而出："我看你的公众号，你在非洲，在塞伦盖蒂。"她知道自己僭越了，对自己激动到发抖的声音有些羞愧。

小松诧异地问："你是怎么知道的？"

"哦，听一个老同学说的。"

"哪个老同学？"

"我，我也记不住了。"

小松脸上出现了熟悉的笑容，这笑容一瞬间把明明拉回了往昔的童年场景中：小松用手电筒向她射击时也是这样笑着。他们在湖边站了一会儿，凉风习习，驱散了夏日余热。

"我以为你在非洲，怎么回来了？"

"疫情前就回来了，我妈身体不好，回来照顾她。"

"阿姨怎么了？"

"做了手术，切了胆，现在她是一个没胆的女人了。

你呢？十几年没见，过得怎么样？有孩子了吧？"

"有了。"

"真想不到，你都当妈妈了。是男孩，还是女孩？"

"女孩，但和她爸爸一起过。我们……是相亲认识的。不说这个了，你不会想听的。"明明脸上露出苦涩的笑容，她无意将自己的失败生活主题继续拓展下去。他们一路走着，有一搭没一搭地说话，不知不觉就走回了矮山。

"阿姨还住这儿？"

"不住了，但房子还在，她常回来打理。我妈总觉得，有一天我会回来住，家里就弄得特别干净。水电按时交，被子是洗晒过的，冰箱里还有吃的。"

"果然还是妈妈最了解自己的孩子。"

两人走到半山腰上，明明有点累了，忽然停下脚步说："不知道为什么，以前这么小，路这么泥泞，每天放学，飞似的就到家了。我妈总说，放学了小脚跟就粘在屁股上。现在人大了，路也铺好了，却觉得难走。"

"是因为家里没人等着我们。"

明明没有回话，低着头又走起来。小松家快到了，送完他，她也快到家了。

这时小松忽然说："你还记得乌苏里吗？"

明明没有料到会从小松嘴里听到这个名字。"记得。"

她艰难说出这两个字，感觉自己像是被系在车尾拖行的尸体。

"它情况不好，我听爸爸以前的同事说的，它快死了，这次回来，打算再见见它。如果你愿意的话，可以和我一起去。"

"不，不。"明明一阵惊悸，慌乱地连声拒绝，仿佛有人自她天灵盖处撬开一个洞，灌冷水下去。小松又一次邀请她去看熊，但她早已没了孩童时的快乐心境。他们一路沉默着走到了小松家门口，院子里有灯，灯下有小型哺乳动物的身影一闪。

明明终于开口："你为什么要去看它，你原谅它了？"

"对熊来说，不存在原谅不原谅。原谅，是人类才会用的词。"

"当时我也在场。"

"你也在场？"

"对，在场，从来没和你说过。我在场，但我什么都没有看到，只听到有人喊熊吃人了，然后捂住耳朵，蒙住眼睛，就当什么都不知道。"明明的声音，小小的，轻轻的，像一列蚜虫在叶片上行军，留下密密麻麻的伤口。

明明看到寒冷的冰从小松的脚底向上生长，将他包裹住，凝固住。明明收住目光，不忍心去看他，仿佛任何凝视都会把这块冰击碎。

沉默许久后，小松忽然说："你想过为什么会发生意外吗？"虽然他竭力压着声音，但仍然控制不住颤抖。

"不敢去想。"

"我想过，想过无数种可能。我说服自己，它只是像小时候那样，扑到了爸爸身上，它并没有意识到自己长得太大了，一下子就把他扑倒了，那只是一个意外。但我永远没有办法让自己忘记，是我把乌苏里带来的，如果没有这么做，爸爸就不会死。"

明明想马上离开，但她最后只是向后退了一步。大概是踩到什么很滑的东西，她整个人失去重心，向后方倒去。小松及时扶住了她。

"我庆幸父母离婚了，这样我就能逃到没有你的地方去，逃开了就什么都不知道了。"明明哭了出来，她从没想过会把这些话说出来。"如果能用什么换回你的幸福，我一定会做的。"

"你要怎么换回我的幸福呢？"

面对小松的诘问，明明无言以对。虽然她很想给小松一个满意的回答，但她做不到。

"乌苏里是一只熊，不要忘记这一点。我们都太傲慢了。"

回到家后,明明不禁去想,如果她是一个小说家,会怎样重写小松的故事。如果那天他们没有去看熊,小松会比现在更幸福吗?"你要怎么换回我的幸福呢?"小松的话不断在她脑中回旋,她忽然明白,那厄运不是她带来的,更不可能用自己的幸福换回他的幸福。睡前,她打开了之前没有听完的Y2K美学播客节目。她又一次和小松站在木栈道上,潮水涌上来,一块木板翘起来,船只正在沉没。

"一切来得太快了,我们还没有准备好。"

"不可能准备好。"

"还记得电脑千禧虫危机吗?"

"有一个都市传说,2000年的到来同时还会伴随世界末日,所以那一年有很多孩子没有做暑假作业。"

"都要世界末日了,还做什么暑假作业。"

"但2000年还是来了。"

"还好老师懒得批改暑假作业。"

"像梦一样。2001年,北京申奥成功。"

"我们全家都在看,整个小区都在看,人们疯了,所有人走到了大街上,大声呼喊胜利。好像那是压抑了数百年的声音。"

"在大声宣告胜利的时候,全世界都看到了我们,包括太空中的宇航员。"

"那天，我们楼上的邻居把两个热水瓶扔了下来，砸坏了我们天井里的一个鱼缸，两条鱼被砸死了。他们也在庆祝。"

"紧接着两架飞机撞上世贸大楼。"

"很多人认为从那一刻开始，世界线被调整过了。"

"一个男人从世贸南楼和世贸北楼之间坠落，他被快门捕捉下来，头朝下，加速坠落，时速超过每小时二百四十公里，相当于一列动车，但在照片上，他是静止的。"

"光锥被移动过了。"

"我们听到了爆炸声。"

"爆炸声一直是这个星球的背景音，甚至是整个宇宙的背景音。"

"千禧年的美好愿景破灭了吗？我宁愿整个世界处于这个梦境中没有醒来。"

"十九世纪听上去很遥远吗？你们还会读十九世纪的文学吗？你们听说过那些巨擘的名字吗？"

"尽管十九世纪听起来很遥远，但我们才是跨越了千禧年的人，比跨越一个世纪的意义还要深远。千禧年前后的三十年间，科技飞速发展，互联网更新迭代，对宇宙和人类心灵的起源研究更加深入。这种速度对以前的人来说是不可想象的，是空前的。"

"我们会被历史写下来的。"

"有时候我在想,我们会不会是仅有的一代独生子女,前无古人后无来者。"

"我们的生命长度和这个星球上出现过的所有人类都一样,短短几十年。但却要承受这种速度和孤独。"

"对永恒绝望的想象。"

"我们还会得到幸福吗?"

"不要回头看。"

"历史在我们身后被炸碎了,碎成无数个小小的世界,每一面都朝向不同的未来。"

乌苏里趴着,像一座黑色的山,沉重地起伏着。它的呻吟和痛苦咫尺之遥,却隔着一面密不透风的玻璃,任子弹也无法击穿。小松带了椴树蜜,托工作人员带进去,但乌苏里不为所动,依然如山一样趴着,仿佛再也没有什么新事或旧事能令它抬起头。它大得不可思议,金棕色的毛发消失了,变成了黑色,沉郁的一片,看不清它的脸和表情,也看不清它的痛苦。明明和小松不约而同想起初次见它的样子,但他们都没有说破。怀念不会带来任何改变。

小松忽然说起了希拉的故事。"有一天它被斑鬣狗围攻,我不该这么做,但我却开车赶走了斑鬣狗。它满身都是被咬开的伤口,不断淌血,我以为它会灰溜溜逃开,我想错了，它平静地走到一块很高的岩石边，蹬了蹬后腿，轻盈地一跃而上。它在眺望草原。"

"你还会回去吗？"

"会的。"

"等疫情好转？"

"等不了，疫情遥遥无期，等不了。"

小松又说，在动物园，能看到鲸头鹳、东北虎、亚洲象、南美貘，甚至还有虎鲸，世界各地的珍禽异兽汇聚在动物园里，世界看上去变小了，变得没有隔阂。在这个乐园中，动物饿了，有饲养员喂养，生病了有医生看病，它们不再为了生存厮杀。但它们不该在这里，动物园摁住了所有跳跃，摁住了所有杀戮，动物园让种子不能发芽，让角马不再迁徙。他们让动物站在一面镜子前，观察它如何获得自我意识。但在希拉的世界里，这些都不存在，它的生活如此艰辛，又如此真诚。

下午，他们回到梅湖，去看了杨梅树，果实早已不存，但叶子还没有凋敝的景象，有浅浅的溪流从光滑的彩色石头山流下来。

"台风的时候，我恰好在这里。不可思议，那么大的风，把这些小瀑布刮得倒流。"

"还记得吗，我们两个人一起从山上滚下去。"

刮起一阵邪风，下大雨了，两人奔回家去。气温急坠十度，大雨把冰雹甩到脆弱的窗玻璃上，没有修剪的油松不断敲打着窗户，像是要进来避雨。明明没有带厚衣服，好不容易从衣柜里摸出一件中学里穿的运动服套上，当时尺寸订大了，现在穿倒将将好。等风暴过去，他们都将离开梅湖，离开梅山，再也不会见面。

几天后，明明收到一段小松发来的简短信息：动物园的叔叔告诉我，我们走后，乌苏里吃了一口蜂蜜。当天晚上乌苏里就去世了，好像一直在等着我们。它从来没有走出过那个门，它太大了，他们不得不锯掉了门，然后用八吨的吊车把乌苏里的尸体运了出去，本来这种大型哺乳类死亡是要先切块的，之前他们这么处理了河马。但动物园还是想把乌苏里完整地保存下来，做成标本。

小松又发来一个 MP4 文件，他说，这个视频是从一个旧的 DV 里转存下来的，卡带上贴着一个标签，写着：幸福的乌苏里。明明打开视频，终于和那只金色的小熊重逢，它直立着身子，学人走路，走得不稳，被地上的杂物绊了一下。小松的爸爸摸了摸它那敦实的小脑袋，宠溺地说："谁是世界上最幸福的熊啊？"乌苏里在春天第一个走出洞穴，走到动物园宽阔的道路上，它曾见过针叶林。

空蛹

蒙在低空中的阴影将重新降落，投射在荒草地和建筑物表面，不断变换形状，向四周蔓延。我们依然会在它的晦暗之下感到不安，生怕它会带走重要的东西，或创造出不属于这里的东西。

一　东界

"蛹事件"已过去二十五年，我们逐渐淡忘了那些剧变。他们把剧变带来的影响称为"信息污染"，但这种说法并不准确，这里天然如此，我们把蛹的存在看作异常情况，是因为一些本质还来不及显现。蛹是不言自明的，它的大部分信息都蔽晦着，语言无法抵达它的本质。对于它，我无从谈起，只能尽可能诚实地讲述它对我的影响。

蛹诞生于我儿时生活过的港口村落，由于它是一块飞地，所以没有确凿的名字。外面的人叫它南港，里面的人叫它东界或西界。村子被密不透风的杉树林环抱，在树林的外缘地带，逼近海岸的地方，是一家颇具规模的船务公司。南港码头水深坡陡，拥有常年不淤不冻的深水海岸线，从村子的任何一处向北部远眺，都能看到浮式起重机的机械吊臂在薄雾中若隐若现。

婆的老屋建在村子的东界，再往东去就没有人家了。房子的地基有上百年历史，墙根白漆掉落处能看到裸露的清水砖，它们的缝隙里总能长出鲜嫩的苔藓。一开始我就知道东界只是暂时的住所，我们马上就要搬到西界去。

刚出生一周我就被带到这里，由婆和小婆抚养。婆曾在镇上的福利院做采购工作，退休以后，和她的妹妹一同在村子的集市口经营杂货店。老姐妹虽然不是双胞胎，却长得极为相似，到了外人难以区分的程度。我有时也会看走眼，把小婆认成婆，把婆认成小婆，她们看起来确实很像。村子里的人说，姐姐胖一点、神气一点，妹妹瘦一点、佝偻一点，她们的形象这才确定下来。

婆的体态丰腴，身姿挺拔，日常戴一副金丝边眼镜，头发染了色，烫成充盈的拉丝棉花糖。她的牙齿很早就掉光了，摘下假牙的时候就老五十岁。婆很忙，平时几乎都是她负责看店，管理账目。婆独自住朝东的房间，夜里失眠就起来翻账、算账。半梦半醒间，总会听到那里传来机械的女声，重复喊着：归零，归零，归零。

　　婆在福利院工作的那个年代，人们都把不要的小孩往那里送，婆负责弃婴的领养工作。搞"运动"的时候，有人因此诬告她贩卖婴儿，将她关在"牛棚"里审讯、折磨。那时她正在哺乳，被迫与刚出生的女儿分离。那次灾难让她断了一根手指。她经常用残掌叩击桌面，小指、中指、食指、大拇指依次叩出有力的拍子，漏掉的那半拍正是丢失的无名指。傍晚时分，婆总是陷入阴郁情绪，小婆会强行让她到外面散步。这种无害的休闲活动偶尔也会出现意外，一次散步之后，婆消失了，几个礼拜后的某个傍晚，她又带着一瓶青岛啤酒和一袋子海蜇头回家了。这样的事情后来又发生过几次。

　　小婆瘦小些，头发很早就全白了，全身的皮肤被晒成均匀发亮的烤栗子色。她是一个蘸着白糖的烤栗子。她年轻时是个农民，后来学了一门缝纫的手艺，当了裁缝。小婆没有结婚，平时帮杂货店联系进货，得闲就做几件衣服补贴家用。小婆爱看电视，但我们家的十七英寸黑白电视机仅有七八个电视台，转台时使用旋钮而不是按键，这就经常导致串台现象，同时非常考验手感。由于信号不好，有时心里还要默想着镇子的方向，全力调整天线，画面才会显现。

小婆和我都喜欢一档叫作《探谜》的节目。说来也怪，那时我们总能收到一个没有台标的频道。这个台平时只播点歌节目和各种商品广告。到了周五晚上九点，准点播出《探谜》，内容主要是关于未解之谜和神秘现象的，比如水怪、野人、麦田怪圈及各种 UFO 目击事件。我还记得在看过的节目中，最吓人的一期叫作《有人背我飞行》。二十世纪七十年代末，河北村民黄延秋声称自己被两名外星人背着飞行。他曾先后三次在睡梦中神秘失踪，每次醒来后都离奇出现在千里之外的城市之中。看完这个节目之后，相当长一段时间我都不敢独自上厕所，生怕外星人把我背走。不过这个频道卡在两个本地频道中间，信号极微弱，不管怎么调整天线，都是模模糊糊的，我们都叫它"半只台"，收不收得到全凭天意。后来小婆发现一个奏效的方法，只要把旋钮调到准确的位置，然后不停拍打电视机顶，频道就会清晰显现。小婆在屋前的水缸里种了重瓣莲花，因为花瓣的层数太多，莲花常常不能自己开放，小婆也这样轻摇莲花的花苞，然后慢慢拨开花瓣，莲花就打开了。

我和妈妈不熟，只知道她在镇上的冰箱厂工作，是一名话务员。她平时的工作就是面对数百个蜂窝口，等待红灯亮起，接听后再把线路连到准确的端口上。她和那个海员恰恰是电话串线认识的，两人谈了几个月的恋爱，后来海员通过中介上了一只远洋轮，工资翻了十倍，他没多久就失联了。那时妈妈已经怀孕，几个月后，产下两个女婴，一生一死。

生下我后，妈妈要他们马上把我带走。她得了产后抑郁症，在镇上的姨妈家里休养。她每周都会到东界看我，主要是为我送奶，那时奶粉很贵，奶糕又没有营养。她的乳房丰盈如满月，周围萦绕着雾气，散发诱人的芳香。但她从不让我靠近她的乳房，没有亲自哺育过我。她会把让她乳房发胀的奶水用吸奶器吸出来，装到牛奶玻璃瓶中，放到冰箱里。要喝奶的时候，小婆就把奶瓶泡在开水里化冻，弄给我喝。

我还有另一个母亲，虽然那可能是梦，但当时的我却深信不疑。就当它是梦吧。梦中的母亲和现实中的母亲长得很像，但我知道她们是两个不同的人，梦中的母亲更瘦瘠、更沉默，总是微笑，我能在她身上发现爱，在梦中体验到另一种生活。她的乳房是一个蒙着温柔光晕的月亮，饥饿的时候，我就攀上梯子，拎着提桶，到月亮上采乳。但随着周围世界的日渐明确，那个沉默的母亲逐渐从我的生活中退场。我该如何去说，如何去解释？不会有人相信。

妈妈喜欢阅读，在东界有成箱的小人书、旧书，我很早就学会了阅读，但八岁之前却不曾开口说话。如何才能使用"正确"的词语，如何在亿万个词语之中进行选择，对我来说太难了，以至于我说不出一句话、一个词。

但声音带给我宽宥，我喜欢听，喜欢收集自然界的各种声音。夜晚竹林里鸺鹠的鸣叫、春笋萌发的啵啵声、雨水和风的声音，到了入睡时，这些声音流淌到我的耳边，浸润我。但只要我一发声，所有声音湮灭无迹。

在东界时，什么都是忽大忽小的。那或许是另一种梦境，是孩童独有的视觉误差。泥路上的车辙是不可逾越的裂谷，在雨中发抖的蓝花成了庞然巨物。到了梦里，会吸引来与人等大的青凤蝶吸食它的花蜜。青凤蝶扇动鳞翅时散落的花粉，把微小的我埋了起来。

在语言出现之前，一切都不确定，是混为一谈的，正因如此，那些模糊的、难解的、新奇的、恐怖的、变形的世界能通通存入一个小小的心灵中。心灵不需要做出任何选择，它可以同时抵达无数港口。一旦它们被说出来，世界的界限也随之显现。我没有对此产生任何怀疑，以为所有人眼中的世界都是这样的。

东界和西界差不多大，但东界多是荒草地、河道和田野，仅有两户人家。我们的邻居高先生是一名退休的中学物理老师，大家都叫他科学家。五年前，他的妻子去世了，从此他更加寡言，几乎对我们视而不见，也不和其他邻居搭话。他有一栋砖瓦加燧石砌成的朴素双层楼房，装有封檐板。阳台拓宽，做成一个小露台，摆放着一台小型天文望远镜和一台手摇卷扬机。底层有许多彼此相通的低矮房间，住宅后面是一个盛大的花园。从我的阳台望去，能看到他院子的切面，洁白的石子路铺成一个横过来的数字8，但也有可能是一个∞。科学家每天醒来的第一件事，就是穿上蓝色劳动衣服，戴上帆布鸭舌帽、劳保手套，开始修剪、浇水、疏果、打顶、抹芽。他自己养蜂，给果蔬人工授粉，果子烂了就堆肥。由于土地里的驱虫药片和太阳能语音风力驱鸟器持续发挥作用，没有一只虫子能活着离开他的院子，没有一只鸟能吃到一口果子。他把自己的生活打理得秩序井然，很便利、很科学，我觉得他鄙视我们，他不需要房子之外的世界。他是我们村里第一个装电话的人，听说那台香港产CONIEN牌电话机有液晶显示屏、内置收音机和录音功能。但我们都觉得他根本没有机会使用电话，没有人会打给他。小婆说，他一直在等女儿的电话，他们二十年没有来往了。

东界没有孩子，所以我发明了一种可以一个人玩的游戏。我叫它"影子游戏"。东界是漆黑一片的，要穿过一条曲折蜿蜒的小径，走到水泥路上才有灯。经过路灯的时候，影子会变短，变身成蹲在我脚边的孩子。我继续走，它就站起来，越来越高，越来越细，直到下一个路灯的光投射在我身上，它就被另一个影子取代了。只要有光，就能和影子玩耍，它是不会失散的伙伴。影子还会做我做不到的事情，当我走上阶梯，影子折成一段一段，变成演奏中的手风琴。当我朝着一堵墙靠近，影子超过我，爬到墙上，它慢慢攀上墙壁，沿着牵牛花藤走路，直到消失在另一片植物的阴影中。

小婆不做衣服的时候，缝纫机被扣到台面下，洋针车就成了一张小桌子，我常在上面画迷宫。只要在纸上随便画出一个图形，圆形、三角形、四边形，然后在图形上设置一个开端、一个末端，用曲折的路径连接两端，就能制造一个迷宫。这些迷宫并没有多大意思，我开始设置一些具有迷惑性的路径，设置两个入口、两个出口，这样难度就呈指数上升。我会同时拿起两支笔，把自己想象成两个人，他们会在某个点相遇，或者永远遇不到。

二 西界

婆有时会到西界去，和易老太打长牌。易老太是北方人，以前在镇上开中医馆，是个良心不错的老中医。婆心脏不好，常找她开药。

婆对我说，易老太家里来了城里的小孩子。易老太最宝贝她的孙子，总是提起他，他在西界长大，这里还有他的童年照、毕业照和一只四阶魔方。可我记得他早就不是小孩子了呀？

婆看出了我的疑惑，马上告诉我他们家还有一个小孩，没来过这里，比我稍微大一点。我兴奋得彻夜难眠。我希望她是一个和我同龄的女孩子。第二天，我往小篮子里装了两瓶芬达汽水，就往易老太家里去。笔直的水泥路直通西界，两边是望不到边的田野。春天时，常有不明方向的风吹过来，把麦子吹得涌动起来，像有许许多多看不见的人躺下，压倒它们。快到易老太家的时候，我们发现地上有一堆气味很大的药材。婆仰天打了个响亮的喷嚏，吓走了竹林里两只补眠的鹡鸰。她掏出手帕擤了擤鼻子，对我说："他们家有人吃药，你踩一踩，病人好得快。"我听后就重重地在药材上踩了几脚。

"打牌人来咧。"婆在铁门外大叫一声。

易老太赶紧来开了门，招呼我们进去。院子里没有花草，仅有一棵不断掉叶子的樟树，以及一棵遮天蔽日的桫椤树。易老太腰上系着围裙，手里拿着把大笤帚，往簸箕里扫落叶，但收效甚微。

"扫它干什么，扫不干净的。"婆说。

"哎，是啊，一边扫一边掉。"易老太推开了手里的笤帚，坐在花坛边上，脱下了围裙。然后她才注意到我，眯起眼睛对我说:"妹妹也来啦。"她转身对藤椅上的男孩子说,"伦伦,小朋友来了,和她玩一玩。"

男孩子脸上盖着一本画册。躺椅边有一张边桌,上面放着一个漏斗形的杯子,淡绿色的清茶上浮着一片白色花瓣。我抬头望去,隐约能看到老树顶上开着一簇簇宝塔状的白花。没想到,小婆说的小孩已经这么大了。他身子很长,完全填满了摇椅,但是却极瘦。春寒料峭,他裹一件干稻草色的开司米毛衫,露出洁白的衬衫领子。

男孩子把画册放下来,他看上去很累,面色如灰墙一般,长而浓密的睫毛下,一双严肃、锐利的眸子盯着我,我的心神一下子被卷入这个黑蓝色的旋涡中,慌乱而不知所措。他长得很像他照片上的哥哥,不过是一个晦暗的版本。我低下头,心凉透了,暗暗责怪婆没有说清楚。病恹恹的一个人,怎么会和我玩呢?

但很快,那子弹般的目光放松下来。他很高兴,先问候婆,又和我说话:"来找我玩吗?"

我看了一眼婆,希望她能帮我解围。

"妹妹带给你的。"婆马上把两瓶汽水递给他。

"我正想喝汽水,谢谢婆。"男孩子笑盈盈,但我总觉得那是一种伪装。他用钥匙扣上的开瓶器依次打开两瓶汽水,刺,刺——好像放出了两个灵魂。他把芬达先递给我,一路走过来是有点渴了,于是我就捧起汽水瓶喝起来。我喝汽水一向很厉害，咕噜咕噜，半瓶就下肚了。

易老太笑着说："看她，这么凉的汽水就灌下去了，小肚皮吃得消吗？"

有时我喜欢做些夸张的事情，故意让人消遣。"她把汽水当水喝。这样子不好，有段时间我都不进货，就为了让她少喝点。"婆说。

"让她喝吧，是福气啊。"易老太说。

男孩子也学我的样子咕咕喝起来。我发现他的手居然是衰老的，枯竭的皮肤紧紧贴着骨骼。

"你慢点。"易老太叮嘱。

很快又来了几个打牌人。大人都打牌去了，屋内飘出香烟味。

男孩子咳嗽了两声，说："真讨厌，老是抽烟。你的婆抽烟吗？"

我摇摇头。男孩子翻开画册，指着其中一幅古怪的画对我说："你看，很有意思的。"

画面中一个年轻人正在画廊看画，画里有一艘大船停泊在城镇的港湾中，小塔楼屋顶上坐着一个小男孩，正悠闲地晒着太阳。较低处，有一个妇女正从她的房间朝外看，她的房间下面是一个画廊，画廊里的年轻人正在看画，画里有一艘大船停泊在城镇的港湾中……整个画面扭结成螺旋形态，旋涡中心是一个白洞，里面写着一串英文字母。我看出这是一幅无穷无尽的画，也是一幅包含其自身的画。

"好玩吗？"

我点点头。

男孩子又说："画里的港口和这里很像，你去过吗？有大轮船。"

我好像知道，又好像不知道。在那时所有的信息都是飘浮在空中的，只有当一个人把它说出来，它才尘埃落定。

"你不会说话吗？"

"你是不想说？"

"你是不能说？"

这些问题刺痛了我，我把头低了下去，感觉他正把我的底细摊到面前，一页一页地翻。好在男孩子没有追问下去，他放下画册起身走动了一会儿，步子很轻。阳光照到他背上，稻草色的背影没入光中，近乎透明。

回到家，我听到婆和小婆谈起白天见到的男孩子，他的名字叫陈伦，十二岁，已经上中学。他得了很严重的病，要移植肾脏才能活下去。

"那就快点动手术呀。"

"一只肾，是说有就有的吗？"

"家里人配过吗?"

"爸爸妈妈都配不上。"

"不是还有一个哥哥吗?"

"那我就不晓得了。"

那时,我不懂这些话是什么意思。后来,陈伦常到东界来玩,他好像对那些荒草和野花格外感兴趣。他叫得出它们的名字,蒲公英、泥湖草、一年蓬、紫花地丁、猫眼草、猫脚迹、铜钱草、刻叶紫堇,而我只知道它们是白的、蓝的、紫的、圆的、长的。他在万年青的旁边停留了很久,还伸手去摸了它的叶子。万年青周围覆盖着一层蓝色的小花,他说,这种野花是入侵物种,叫婆婆纳。我们采了很多婆婆纳,放在小婆的洋针车台面上。

忽然,乌云聚集,一道闪电劈中了一棵正在开花的梨树,紧接着震耳欲聋的雷声在我们头顶炸响开,我整个人呆立住,一动也不敢动。这时,陈伦一溜烟跑出去,跑到路中央,如雪的梨花在他身后燃烧起来。与此同时,大雨降下来,他整个人扎进雨里,张开双臂,疯跑,疯笑,疯喊,好像要淋遍所有的雨。

他走后,我发现雨后的池塘中,一只青凤蝶漂浮于樟树落叶上,它看上去羽化不久,还是新的。昨天它还不敢在这里饮水,哪怕微风引起的小小波浪都能把它卷走。它只饮叶子上的晨露和雨后的泥巴水。此刻它轻轻地趴在红锆石色的落叶上,翅膀微微振动,身下的池塘如星际空洞一样难解。我想起曾在附近的樟树上发现空蛹,那会是它丢弃的神殿吗?蝴蝶仍在颤抖,水里有什么看不清的东西正在把它往下拽。只要我拨开落叶,就能知道什么咬住了它。但我还来不及这么做,它就被拖下去了。

小婆把婆婆纳绣在了我的衬衫领子上。

三 瞳陨石

对我来说,陈伦就像《百年孤独》里的吉卜赛人,总是带来这个世界所没有的东西。某天,他像变戏法似的从外套口袋里掏出一个橙色正方体迷宫玩具。他告诉我,这是一个六面六层迷宫,其中相对的两面各有一个小洞。玩法听上去很简单,只要把小球从其中一个洞放进去,让它从另一个洞里出来,即为通关。但是他强调,目前为止还没有人通关。他和他的哥哥都只玩到了第五层,小球总是卡在第六层的分叉路径中。他摇了摇立体迷宫,我听到了小球在里面滚动的声音。

"现在它回到第一层了,这不是普通的小球。"虽然得不到我的回应,陈伦还是得意地介绍起来,"这是我们的传家宝。哥哥说,它叫瞳陨石,瞳孔的瞳。"我以为他在糊弄我，所以当时并没有表现出很大的兴趣。陈伦看到我不屑的表情，有点着急，于是掰开我的手，把立体迷宫放到了我的手里。

"往里面看，你会惊讶的。"

我试图将小球移动到孔穴处对准，但怎么都做不到。

"不用对准，直接往里看。无论从哪里看，都能看到它。"

我将信将疑，继续透过孔穴观察，里面漆黑一片，但能感觉到内在空间是一个比所见迷宫大得多的场所。然后，我看到了它。它的表面似乎是由细小的棱面组成的，把世界图景切割成无数几何体，每一个几何面都反射着活动的画面。当我还想看得更仔细时，忽然从内心生出巨大的空洞和恐惧，脚底踩空，眼前一黑，一屁股摔倒在地上。

陈伦及时从我手里夺过了立体迷宫。"不能一直盯着它看，会被吃掉的。"他把我扶起来，然后问，"是不是很好看？"

我坐在地上不知所措，那种感觉现在回想起来还会让我后怕。他表达了他有多么想要这颗陨石，但是他的哥哥却没有给他。似乎他不是真的想要，而是因为哥哥的珍视展现了它的价值。

再次见到陈伦的时候，他出人意料地把传家宝送给了我。

"我哥哥把它送给我了,他不要了。"他有气无力地对我说,"你拿去玩吧。"

我推开了他的手。他立刻说:"你不要,我就扔了。"

他好像对一切都失去了想望,什么都不想要了,于是我接受了它。得到立体迷宫以后,我每天都研究它,到了茶饭不思的地步。里面的路线是不可见的,必须让它不停转动,靠听觉和想象勾勒出路径,在脑海里构建一幅地图。前五层还算简单,到了第六层,瞳陨石就会掉进死胡同,怎么都转不出来。

一九九七年四月,希腊籍远洋轮阿里阿德涅号即将进港,那是一艘十万吨级大型集装箱船。"它进港的时候很壮观的,有拖轮和海事巡航艇领航。"陈伦说。

我知道他要带我去看轮船进港,于是做了个 OK 的手势。

我们要穿过一条水渠、一片黢黑的杉树林才能到港口,在这之前,我从没走过这么远的路。水渠很宽,水流奔腾,据说这里曾淹死过小孩。我们小心翼翼又胆战心惊地沿着水渠边缘缓行,又穿越浓密的杉树林,终于来到了港口,在二十七号泊位等待阿里阿德涅号。

我闻到了腥味和铁锈味,看到了真正的擎天巨物:集装箱、浮式机械吊臂和万吨轮船。

"它们都是从地球的另一边来的。"陈伦说。

对我来说，它们更像是从另一个星系来的，超越了我的理解。

我们听到轮船进港的汽笛声，但始终没有看到阿里阿德涅号的蓝色身影。我们躺在一个小坡上，陈伦忽然说："知道为什么我们家有两个小孩吗？"

我摇摇头。

"我哥哥小的时候曾被钢弹珠打中过心脏，受了很严重的伤，所以家里才被批准生育二胎。要是他没有受伤，我就不会出生。不过，他后来完全好了。我一直觉得，我的出生不是为了代替哥哥，而是为了让他好起来。所以，我并不难过。"

我猜他说的是他的病，但又不完全是。后来我们可能睡着了。醒来的时候，天色转暗。陈伦忽然面色凝重，他立刻起身，拉着我的手，飞快地跑入杉树林。天边的红日像要把我们吞噬，它在万物上镀金，但它下坠的速度极快。我们快速走入荒草中，每走一步天就暗一度。我们飞跃着，好像要超越自己的影子。快到东界的时候，太阳正好湮灭在西方的田野尽头。他忽然停了下来，望着消失的太阳发呆，好像终于接受了一日的终结。

之后的几天，我什么都没做，整天摆弄立体迷宫。陈伦说等我破解迷宫的时候，他会再来的。在尝试了无数条错误的路径之后，迷宫的全景在我脑中展开了，还差一步，瞳陨石就会顺利滚出来，我高兴得在屋前的空地上跳了起来。但我没有让陨石出来，我要在他面前展现这个神迹。

陈伦没有来，第二天没有来，第三天也没有来。有一天，我看到他身上裹着一条带着流苏的毯子，被一辆黑色的轿车接走了。那一刻，我知道为什么他得到了瞳陨石，因为留给他的时间已经不多了。后来我听说由于阿里阿德涅号不熟悉这里，在进港之前被急流冲刷到附近海域的礁石上搁浅了。随着潮水退去，该船的底部完全搁浅在礁石群中，螺旋桨暴露在海平面上，相关部门组织了二十只辅助船，才把它救出来。

慢慢地，东界被搬空了。只剩树和万年青没有移栽过来。我以为搬到西界以后，周围的孩子会多起来，事实上还是和以前一样，他们白天都去上学了，村子里又只剩我一个小孩。春末，妈妈到市里一家五星级酒店的总台工作。我早就到了上小学的年纪，由于不会说话，还没有学校愿意收我。妈妈担心我得了自闭症，要带我去市里看病，但我说什么都不愿意去。小婆一边抹眼泪，一边帮我收拾行李。我紧紧抓着她的手臂，不让她装衣服。

妈妈生气了，她拎起我的手臂，说："你为什么不说话？你是会说的呀，为什么不说呢？"

我整个人抖动起来。

"不要逼她。"小婆说。

"听力和声带都没有问题。她是会说的。"母亲说。

"是要逼一逼。"婆在离我们很远的屋子里说话。

后来，她们不再说话，陷入一种诡异的沉默之中。

趁她们不注意的时候，我偷偷跑到了东界。那是一天中影子最狭长的时刻，万物的阴影都朝向东方。我忽然被田野中黢黑的阴影吸引住，无数影子在地面上汇集，看起来就像在荒草上滑行。我下意识抬头寻找是什么投下了影子，但那里什么都没有。阴影继续在遥遥地汇合，在地面上拉开一张不断变换形态的巨型黑幕。我们的恒星还在那里，睁开眼睛，安静地凝视着我们。地面在颤抖，在释放一种恐惧。它被压抑得太久，它在哭。很快，暮色四合。我很害怕，拼命往回跑。但已经太迟了，我越跑越小，直至脚下的婆婆纳像机械吊臂一样高大，车辙又变成裂谷，我变得更小了，小到消失了一般。

醒过来的时候已经是晚上，我已经在屋外了，在两张拼起来的长凳上睡着。婆说地震了，所以就把我抱出来。

"我会死吗？"

这是我说的第一句话。

但婆好像并不惊讶。

小婆拧了一条毛巾给我擦脸。毛巾喷出热气和雪花膏的味道。

四　信息污染

至今没有人知道它如何形成，从何而来。

那晚，南港确实发生了一场三点一级的地震，但这并不能解释落日之前的黑暗。有人猜测，可能有风暴团遮住了太阳，使局部地区陷入短时的黑暗。但当时南港地区是晴天，气象部门并未预报强对流天气，也没有任何雷电活动的迹象，故超级单体风暴的因素被排除。有目击者报告称，在港口陷入阴影的包围时，太阳从未被遮蔽。它保持着日落时刻的形态和色彩，低旋在地平线上方，当然那可能不是太阳，而是一个幻象。另外，南港地区的潮位站记录到了急速退潮的现象，随后，这里的通讯出了问题。事件很快惊动了中国UFO研究会，他们派了几名研究人员实地调查，对南港地区的居民进行大规模采访。

居民们大多生性腼腆，不愿多说。出乎意料的是，科学家居然主动接受了采访。"像一只蛹，会动的，里面好像有什么东西飞出来。"他看到了它最初的形态，"那时是下午四点三十分，我看过钟点。太阳快落山了，天上没有云，天气很好，一下子就黑了，没有任何预兆。"多亏了科学家，调查人员收集到第一个有效信息。

大家似乎被唤醒和鼓舞了，像从白日梦中清醒过来，纷纷开始表达。很多人都提到了那阵怪异的风，影子被风吹向一个中心，快速汇聚，直到天空被不明的黑暗遮蔽。整个村子都浸透在一种暧昧的光线中，介于黄昏与黑夜之间，一个极为短暂的暮蓝时刻。句子越来越清晰、准确。

"它是有声音的。"有村民提到了这一点。

调查人员到我们家来的时候，小婆一改平日里的拘束，主动对采访人员说："大概下午三点三十分以后，就没有人说话了。我外甥女要坐四点的车，我们送她去公交站，都讲不出话。"

"讲不出话是什么意思？"

"好像从来就没有讲过话。"小婆肯定地回答。她的洞察力很强，那种失语不同于一般意义上的沉默。她的意思是，整个世界好像回到了语言尚不存在的时刻。后来，越来越多的村民证实，他们也有类似的"失语"症状。

我们都以为阴影消失了，实际上它只是缩小了，仍然在村子范围内活动。一周之后，直升机搭载的摄像机拍下了阴影掠过整个南港地区的画面。影子不断在空旷的田、树林和码头汇集、离散、变化，像是活着的。当这段画面在电视新闻中播出时，引发了轰动。

不久以后，与中国UFO研究会有深度合作的《UFO探秘》杂志发表了一篇名为《南港村怪蛹事件始末》的报道，作者是数学家戴华教授。她另外的身份是中国UFO研究会的副会长，她也是当时在南港实地调查的研究员之一。戴华教授把那层笼罩全港的阴影称为蛹。她根据拍摄的整体画面，模拟出蛹的基本形态，它是由许许多多的三角形和八面体组成的。最终，她确定了它的形状：有二十四个顶点、九十六条棱、九十六个三角形和二十四个八面体。它在三维空间内没有类似物，是纯粹的高维物体。但它很快失去了形态，变成捉摸不定的暗灰色风团，最后融化在万物的阴影中。戴华猜测，蛹是一种隐形飞船的影子。为什么隐形的事物能投射下阴影呢？现代科学也解释不了。

影响是慢慢显现的。

不久以后，婆忽然送我一个富乐梦牌机器人铅笔盒。机器人的肚子可以放文具，一只手是温度计，另一只是铅笔刀，它的每一个关节都能动。但婆怎么都说不出这个铅笔盒是从哪里来的。巧的是，此前我在"半只台"的电视广告中看到过这款铅笔盒，一直非常渴望拥有。

后来，易老太家那棵遮天蔽日的桫椤树不见了，取而代之的是几棵冬青。易老太逢人就问桫椤树的下落，她说那是在她结婚那年栽下的，已经五十年了，怎么一眨眼就飞了，连片叶子都没看到。有人说是她老糊涂了，那里根本没有什么桫椤树。但我分明见过，也记得它宝塔状的白花。

　　这些变化并没有引起大家的警惕，直到一些变化彻底改变了生活，我们才感到恐惧。那阵子，村子里的电话经常串线。某一天，所有打入南港的电话都离奇地串线到科学家的家里，不得已，他只好一个一个通知邻居来接电话。第二天，情况仍是这样，他只好拔掉了电话线。没过几天，科学家发现自己家的门牌号码变了，从127号变成了191号，然后又变成211号。一开始，科学家确信是恶作剧，于是新添了几个报警装置，彻夜不睡，试图抓到罪魁祸首，但始终没有任何线索。

　　很快事情朝着不可控制的方向发展，科学家的房子从东界的地面上凭空消失，连同院子不翼而飞。无家可归的他在派出所住了一夜。后来邮递员在送信的路上发现了他的房子，他认出了砖瓦和燧石，认出了阳台上的天文望远镜、手摇卷扬机，认出了院子里的杨梅、枇杷，以及∞形石子路。房子靠近一条蛙声肆意的池塘，门牌号变成了307，从此科学家就在池塘边住了下来。大概一个月后,科学家的房子再一次消失,他骑着自行车找了两天,后来在离港口不远处找到了它,此时门牌号变成了467。数字在持续变大。"它们都是质数。"聪明的科学家摸索出了规律,却无能为力,再往外去,便无处可去了。后来我们再也没有见到科学家走出过他的屋子,据说邮递员有时会帮他带一些物资。

平静的生活并没有持续太久,几个月后某个干燥的下午,科学家的房子着火了。所有的村民都拎着水桶帮忙灭火,唯独科学家坐在屋前的空地上一脸漠然。很快一辆黑色的车子开过来把他接走了。他走后,我好像听到持续燃烧的房屋内响起电话铃声,响了几声后,又被噼噼啪啪的燃烧声所覆盖。

他们说,火是科学家自己放的。那时我们才预感到不祥。

最先消失的是小婆的布样,她常把它们剪成动物和花的图案。蓝色的兔子、白色的雪人、黑色的房子、绿色的茶杯、灰色的电视机、条纹的猫咪、印花的小人,它们接二连三不翼而飞。刚刚做好的衣服也开始消失,婆的呢子背心、我的百褶裙、小婆自己的罩衫,接着是她的毛巾、睡衣、拖鞋。她去买回来,第二天又没了。干脆不买了。接着,她的洋针车也不见了,原本随意放置在洋针车上的几张迷宫图就散在地上。

后来,"半只台"就收不到了。即便如此,到了周五的晚上,我还是习惯性地守着电视,期待频道奇迹般再现。小婆见我执着,就帮我拍打电视,想把频道拍出来,她把手都拍红了,电视屏幕上依旧一片雪花。她叹了口气,说:"打不出来了,我汏浴去了。"

小婆去汏浴以后再没有回来,我们报了案。婆每个礼拜都要去派出所询问办案进度,过了一个月,警方告诉她,根本没有查到这个人,故案件不予受理。

"但她是我亲妹妹呀,这里的人都认识她。她是闰年春天生的,比我小两岁,还会做衣服的。怎么就没有这个人了?"

"我们只不过是按照法律法规办事,您说家里丢了人,但我们确实查不到她的身份信息,您也给不了任何有效证件。没有照片,也没有私人物品,您这不是为难我们吗?"

于是我们只好自己找,婆的杂货店也不开了,骑着一辆火三轮,带我寻遍了周围的村子、镇子,又来到城市,到处张贴寻人启事。不久以后的某一天,当我提起小婆的时候,婆的表情变得惶然。

"什么人啊?"

"小婆啊,你的亲妹妹,比你小两岁。"

"我是独养女儿。"

她忽然不记得有这样一个妹妹，但过一阵子又想起来。她在一个樟木箱子里找到了她和小婆的合照。至少我们还没有失去那些共有之物。后来我们在万年青的土壤里发现了几根银色的头发，又在婆的首饰盒里找到了一只被小婆摔成两截的玉镯，我们收集这些物品，锁到樟木箱子里。大概一个半月后，我们失去了这只箱子。我们开始忘记小婆的名字，婆就把小婆的名字写到墙壁上，写到挂历上，写到黄页簿上。不出两天，字迹就褪去了。尽管我们每日都互相提醒，但还是忘记了她的名字。

　　最后我失去了衬衫领子上的婆婆纳野花。

　　"蛹事件"发生以后，南港地区凭空多出二十多起失踪案，这引起了社会恐慌。这里的人们陷入一种无处安置的悼念和缅怀情绪中。在夜里，我常常听到一些绵长的叹息声，男人的、女人的、老人的、年轻人的。他们喊着一些含混不清的名字。超过九成的南港居民出现记忆混乱的情况。多股信息同时涌入我们的脑中，这里成了一个战场，充斥着缠斗、吞并和交融。为了杜绝恐慌的蔓延，政府决定组织居民搬迁。一年之内，大部分居民已经搬去镇上或隔壁村落居住，得到了可观的补偿费用。也有一小部分留了下来。

　　我们就是那小部分无法移民到新世界的人。

一年之后，婆在电视上看到一则新闻报道。她认出新闻画面中的男孩正是陈伦。

婆在客厅里大喊："快点来看，是不是伦伦啊？"

我急急忙忙从房间里跑出去，新闻中出现医院病房的画面，一个年轻的病人面色如垢，半躺在病床上，吃力地和记者交流。报道中，他化名为张小北。一年前，张小北的哥哥发生了严重的交通意外，临终前签了遗体捐献协议，后来救了四个病人。其中就包括张小北。此前张小北一直拒绝他哥哥的捐赠。

他已面目全非，虚弱得像一根浮草。

"是他。"我对婆说，"他哥哥死了。"

"不是他，名字不一样。"婆说。

"新闻里不好讲本来的名字，要用化名。"我说。

"唉。"婆叹了口气，"名字都变掉了。"

后来我又看到过有关黄延秋的报道。在那档节目的尾声，一位专家猜测黄延秋很有可能是患了梦游症，实际上并没有什么外星人。多年以后，黄延秋事件被世界淡忘了，那些人证、物证以及完整的口述通通失效，大家记住的仅仅是"梦游"二字。

一种似是而非的物质在蔓延，就像港口的薄雾，当景物变得模糊时，才能确定它的存在。而我们也身在雾中，无法被看清。后来，有机构对南港的自然环境进行检测,没有发现任何异常。他们确定,这不是一种病毒式的或者细菌式的感染。他们把村民的失踪和记忆混乱称为"信息污染",也就是说,变化的唯有信息,没有别的。这是多股信息互相竞争的结果。

妈妈想起《UFO探秘》上发表过的文章,便想到从中寻找线索。她把家里的杂志翻出来,从杂志上找到一个中国UFO研究会的联系电话,按照号码拨过去,却发现那是一个空号。她又打电话到科协,被告知中国UFO研究会已经不存在了。后期,研究会由于没有正确地引导及把控,在UFO研究中掺入了特异功能和气功等内容,弄得不伦不类,甚至出现伪科学的内容,引起了有关部门的注意,最后被解散。轰动一时的蛹污染事件,也被部分人解读为一起造假事件,毕竟它太违背常识了。

五 弥合

若干年后,我到母亲工作的镇上读书,而婆依然留在南港。我们以为一切都恢复了正常,但事实远非如此。那时,班上的同学总是声称在一些我从来没去过的地方看到过我,我没有放在心上,猜想肯定是有人和我长得相似。有一天,妈妈突然和我说,我的妹妹搬到我们街区来了。

"我还以为要等一段时间。"

"妹妹？我没有妹妹啊。"

"他不做海员有几年了，最近搬过来了。住得不远，离这儿三公里。你妹妹也在。"

"她不是生下来就脐带绕颈死掉了？"

"不要瞎讲，哪里有这种事？不管怎么样，她还是你妹妹。"

那晚，崭新的记忆涌入我的大脑。张北冕和我一样，十六岁零八天，我比她早二十分钟降生于世。妈妈说，她的脚底有一块红色心形胎记，而我的梅花状胎记则在腰间。两岁之后，我们分开了，一个跟随母亲，另一个跟随父亲，之后就再没有见面。

一周以后，我知道了她的学校和班级。我曾想去看她，但又极力克制着这种欲望。

我们是双胞胎，尽管在不同的环境中长大，却无法避免命运的交汇。那时，我常去镇上的图书馆借书，而借书卡上总能发现她的名字，她的阅读版图和我重合。这不算稀奇，书单也是一张信息网，我们总能通过一些作家找到另一些作家。比如王小波就是一支很不错的指星笔，他为我们指向卡尔维诺、杜拉斯、昆德拉，形成了一张完整的星图。而卡尔维诺又能和卡夫卡、博尔赫斯、科塔萨尔、舒尔茨形成一张子星图。

高二暑假,我打算在一家牙防所绑牙。牙齿出模那天,我赫然发现货柜上有一副牙模上用记号笔写着:张北冕。

"张北冕也在这里绑牙?"我问护士。

"哦,她和你一样,咬合有点问题,需要戴牙套。你们两个的咬合点都很少。"她说,"你们是双胞胎呀,为什么不一起来?"

"我不绑了。"

我决定维护我们的差异性,于是离开了那家牙防所。这一切并未让我们靠得更近,反而使我不安。

某节物理课,老师讲解同步效应。他请课代表在桌上放置两个可口可乐的易拉罐,上面放一块小木板,再放置三个节拍器。一开始节拍器的钟摆杂乱无章地摆动,节拍器的节奏让我失神。

翕开的窗口吹来一阵风,云遮住光线,教室外阴了下来。我总觉得有人在盯着我看,于是就四处张望,当我看向一株茂盛的八角金盘时,我看到了一双明亮的、好奇的眼睛。刹那间,我以为是玻璃窗上反射出的人像,因为她和我长得太像了。但仔细一看,她身上穿着陌生的校服,胸口的校徽也不是我们学校的。她看到我后,对我狡黠一笑,仿佛领悟了什么。我慌张地躲开了她的目光,这时,教室里忽然有同学大叫:"同步了,同步了!"课堂哄闹起来,一晃神,那个女孩快步闪入绿植中,不见了。我惊出一身冷汗,分不清方才到底是现实还是梦境。教室里,节拍器的步伐逐渐趋于一致,连带下方易拉罐的滚动也被调整到了相同的方向,看起来非常和谐。

高考后,我们去了不同的城市读书,但我知道她已经牢牢嵌入了这个世界,嵌入了我的皮肉和骨骼中。

据我所知,经历过"蛹事件"的人一般会出现几种不同情况。要么像母亲那样,新的记忆完全替代了旧的记忆。另一类居民出现了精神类疾病和脑退化的情况,就像婆一样,其中有百分之三十八的人患上严重的精神分裂症。而我属于第三类,我把蛹动前和蛹动后看成两个世界,它们始终无法弥合。

他们曾为经历过信息污染的人们建立心理干预中心。接受治疗的人需要长期服药,很快,他们的世界"弥合"了。出于好奇,我也去心理干预中心做过治疗。他们给了我一种很像打虫药的橙色药片,服用之后没有起到任何作用。

为了世界的统一,不得不抹除过去的痕迹。蛹,成了禁词。但我知道那些逝去之物的残像还保留在这个世界上,一如幽冥永存于暗夜。

有一天,婆打电话来,说她买到了一台蝴蝶牌缝纫机。"和我的洋针车一个牌子。"

她在为我做一条呢子连衣裙。"杂灰色的，打褶的。"她如此描述心里所想的样式。

"你怎么会做衣服呢？"我问。

"我是裁缝，怎么不会做衣服呢？"婆说。

婆的脑部开始退化了，出现小脑萎缩的情况，于是我们把她从西界接回家里照顾。婆、母亲和我度过了生命中最紧密的一段时光。五年后，婆因脑出血去世，她提前准备了一个双穴的墓地，一个留给自己，一个留给她不存在的妹妹，一个空坟。我们已经失去了她的照片、她的名字，但婆没有忘记妹妹是闰年春天生的，比她小两岁，会做衣服。直到最后，她的嘴里还总是模模糊糊地念叨着："怎么就没有这个人了？"落葬那天，我和母亲隐约看到一个人穿着一袭黑色西服套装，胸前别着一朵白色茉莉花，走入一条丝柏遮蔽的小径后不见了。母亲出了神，她说："那个人和你很像。"

说完，母亲凝重的神色骤然一变，我第一次在她脸上看到了爱的阴影。她对我说，婆去世前总是叮嘱她，不要逼我说话。"确实啊，以前不该逼你的。你不想说就不说，不说话又能怎么样呢？"母亲看着我，眼神流露出从未有过的柔软，即便这种柔软于我而言早已错失，无法弥补，但我还是很高兴。她们消失的那部分正凝聚到母亲的身上，就像树的死亡一样，死了，又没有死，还将作为生者的家园继续存在。

那天我梦到以前的风从四面八方吹来。很多人躺下来，压倒了那些荒草，但我们看不到他们。我的影子变得比我长，它超过我，爬到墙上，在牵牛花藤上走路。那影子一直在我身体里，从未消失过。后来我经常梦到婆在院子里走来走去，像平常一样摸摸索索，做些小活。妈妈来了，我就说，给你看看这是谁。婆就走过来了。我心里想，婆好厉害，棺椁里住了这么久还好好的，真好。

六　世界之外

阴影没入周遭的自然中，找不到任何踪迹，一如世间万物的影子无法被区分开来。研究人员认定污染只出现了一次，绵延六点二平方公里的污染区域回归平静。据官方报道，一九九七年的"蛹事件"发生以后，蛹销声匿迹。蛹，在短短数年间已经被符号化。人们更乐于相信，当时的科学家、媒体人及当地居民一起夸大了这个事件。

网络上曾一度掀起"蛹学"热潮。有人说，蛹是人们内心想望的反映，我们可以和它交换一些东西，就像浮士德与恶魔的交易。也曾经有研究者提出一些有趣的想法：蛹是几个文明层级之间的缠结之处，如能领悟到其中信息的含义，人类能够通过进化抵至另一层文明。另一些研究者则完全否定了这种"进化论"：西西弗斯的困境正是其文明本身造成的，是为了纠错做的错误的努力。

如今，人们的恐惧逐渐消除，又开始孕育新的生命。禁词也不复存在。在一个完整的统一体中，原本的错误已经被修复。女儿不会继承母亲分娩时的痛苦。新生、天真、无知、无惧，很多孩子在这种情况下来到了这个世界上。他们不必知道蛹的存在。这几年，很多曾经在蛹中居住过的人们又搬了回去。

放开生育之后，我的母亲通过试管生下了一个女孩。妈妈已经五十三岁，旁人无法理解她的选择，只有我知道，那是一种怀念、一种弥补。妹妹已经八个月，对我来说，这个柔软的小婴儿既熟悉又陌生。她脸上有我们家族的特征，蒙古眼、深人中，也有完全陌生的部分，比如酒窝、唇珠和卷曲的头发。我不喜欢小孩，但好像对她有种天然的责任。她是一个弥合体，还是另一种分裂？我不知道。

妈妈说她要把西界的房子租出去，租金作为妹妹的抚养资金。最近她把西界的钥匙交给我，要取几件小衣服给妹妹穿，她说那些衣服是有福气的。我每年春天都会回到这里，打扫屋子，斩除杂草，让植物有呼吸的余地。这里还留存着婆居住过的痕迹，有做了一半的衣服，布料上画着白色粉笔的印记，大约是要做一件西装马甲。我并没有找到小时候的衣服，一件都找不到。我来到屋外，毫无目的地走来走去，好像要寻找什么，但什么都没找到，这里与昨日的世界毫无关系。忽然听到闷闷的雷声，天色倏地暗下几度，我就往回走。

在一条明显缩小的水泥路上，我看到一个熟悉的人。他穿着一件水泥灰色的卫衣，气色看起来好了很多。这几年，零星得知一些他的消息，他研究天体物理，发表了几篇关于黑洞的论文。其中一篇发表在《天体物理学杂志快报》上的论文引起了我的注意，他猜想太阳系那颗著名的假想天体——第九行星，实则是一个原初黑洞。他在论文中表示，如果第九行星是一个黑洞，那么居住在太阳系外围的彗星就会被它强大的潮汐摧毁，产生耀斑。虽然原初黑洞可能只有一只柚子的大小，但我们却能通过观测这些吞噬现象对其进行间接观测。这些信息很容易在网上查到，但并不能拼凑出一个完整的他。唯一能确定的就是，他的哥哥给了他一次重生的机会，而他牢牢把握住了。

他来回踱步，好像和我一样在寻找什么。他也看到了我。

"陈伦。"我第一次叫出他的名字,"你怎么回来了?"

"嗯,回来住一段时间,准备翻新一下老屋。"他淡淡地回答,然后真诚地对我说,他改了名字,现在叫陈最,那是他哥哥的名字,为了让父母好过一些。如果我一时不习惯,可以叫他原来的名字。"没有关系。"我说,"我愿意叫你现在的名字。"他邀请我到屋内坐一坐,我同意了。

易老太去世多年,这里无人打扫,院子里满是樟树落叶。现在的陈最打开房门,屋子里飘出一股霉味。我们走进屋内,这里很脏,到处是灰尘和泥迹,几乎无处可坐。他打开窗户,又搬来两张椅子,摘掉了玻璃柜上发黄的棉布,我看到柜子里依然陈列着他哥哥的童年照、毕业照和一只四阶魔方。我忍不住盯着他的脸看,也许是为了确定一种变化的发生。他的身体变厚实了,眉宇开阔了,肤色也明亮起来,他正变得越来越像照片上那个前途无量的年轻人。他用一支半秃的鸡毛掸子掸了掸椅子上的灰,请我坐下。我这才想起这间屋子是老人们曾经打牌的地方。

"再叫两个人,可以开一桌麻将了。"

他笑了,从一台小型冰箱里拿出一罐芬达汽水给我。"以前那种玻璃瓶装的很少见了。"

"你不喝吗?"我问。

他在我对面坐下,对我说:"太凉了,还是不喝了。"

我确实有点渴了,接过芬达,打开易拉罐,猛灌了一口。不解渴,于是连续地大口啜饮起来。

他又笑了笑,然后对我说:"你的事,我知道一些。你去过那个心理干预中心吗?"我注意到他说话的时候,不时定神凝视我,似乎也在辨认我身上的某种变化。

"去过。"我说。

"吃药了?"

"吃了。一种外面裹着一层糖衣的药片,橙色的,味道就像它。"我晃了晃手中的芬达汽水,"一种安慰剂。"

"记得你以前不会说话。"

"现在说得也不好。你这几年怎么样?听说,听说你身体好了。"我小心翼翼地说。

"手术还算成功。"他指着脖子上一圈并不十分起眼的粉色小疹子说,"排异反应。"

"不仔细看的话,看不出来。"我说。

他把领口拉下了一点,一片梅花状的烧痕向下延伸,渐次凶煞。"身体里有个不属于自己的东西,就是这样。"他把领口整理好。

"这是一个融合的过程吧,会好的。"我试图安慰他。

"是抵抗。"陈最纠正。

"我看到过关于你哥哥的新闻报道,他真是,真是一个伟大的人。"

"电视把这个现实世界拓宽了。但是留给内心的部分却变少了,很多事情不是一下子能理解的。"他平静地说。

"你哥哥如果知道你现在很好,会感到欣慰的。"我说。

陈最突然出人意料地哼了一声。"我宁愿他好好活着,所以一直拒绝他捐肾给我。"他说。

外面的天色更暗了。陈最起身,打开了灯,然后走到窗口看了一眼,说:"下雨了。"

大雨陡然降下。陈最又走回来,坐到我对面的座位上。

我们陷入一种并不突兀的沉默之中,也许有很多话可以说,但我内心的语言被突如其来的大雨所替代。他对眼前的雨无动于衷,那种对生的热望从他身上消失殆尽了。

"你还记得戴华吧?"陈最突然提起这个名字。

"当然记得,她是那篇文章的作者,也是亲历者。我查过她的信息,也试图去找她了解真相,但是听说她已经不研究数学了,她辞职了,没有人能找到她。"

"戴华教授不只是数学家,还对天文学、生物学、密码学深有研究。大约八年前,我在浙江一个小镇上找到了她，在一个凌乱的花园里，我们谈了很久。她依然神采奕奕，保持着好奇心。我从她那里得到了一些有价值的信息。"

"你是怎么找到她的？"

"这个说来话长，在我看到瞳陨石的时候，就已经知道有一天会找到她，和她长谈。"

"什么意思？"我不明所以。

"别急，听我说下去，待会儿你就知道了。"

他不想浪费时间，直接切入正题。"一九九七年的那篇报道只是障眼法，那时 UFO 组织已经岌岌可危。他们要掩盖并抹除蛹的信息，但是信息很容易被保留下来。除了那篇报道，戴华教授还写了一篇英文论文，虽然遭受了信息污染，但她还是想办法保留下一些信息。"

我忽然有所领悟。"难道说她把英文转译成密码了？"

"没错，简单的十进制数，甚至没有加密。戴华教授是最初发现信息污染的研究人员之一，但她很快发现，只要换一种形式，信息就能被保留下来。这也足以证明，信息没有消失，只是以另一种我们无法理解的形式继续存在。我表明来意后，戴华教授当即就把密码交给我，对她来说一切都没有意义了。于是我破译了这些密码，可惜只是残篇，虽然信息有限，但是足以窥见全局。"

"蛹到底是什么？"

陈最继续说:"第一个词是 Infinity。然后戴华教授写道:大的无穷大包裹小的无穷大。这是最关键的信息。接着戴华教授又提到,在一九九七年的调查报告中,她并没有解释'蛹'这个名词的来历,大家都以为那是从村民的口述内容中提炼出来的。其实,这个名称还和哈佛大学生物学家卡罗尔·威廉姆斯博士曾经做过的一项实验有关。"

"是生物学层面的问题?"

"不完全是。一九四二年,卡罗尔·威廉姆斯博士想了解控制昆虫变态的物质是什么,也就是那个关键的指令和信息是什么。于是他找来四个天蚕蛾的蛹。一号正常孵化;二号从中间切开,用塑料片封住切口;三号维持二号的操作,但两段蛹之间用一根空心的管子连接,让上下物质可以流通;四号维持三号的基本操作,但在管子里加了一颗小珠子。"

"实验结果呢?"

"一号没有进行干预,当然成功孵化了。二号上半部分发育成蛾子,下半身依旧是蛹。三号上下都孵化了,蛾子甚至飞了起来,但管子断了它就死了。四号则完全没有孵化。"

"我明白了,信息的传递方式改变了昆虫最后的生命形式。"

"可以这么理解。"

"而我们也生活在一种看不见的酶里,它把我们溶解了。"

"戴华教授还提到,当时拍摄的画面,出现了类似引力透镜的现象。光被某种看不见的外力扭曲了,因此她大胆猜测,蛹具有黑洞的某些特征。"

"它是黑洞?"

"戴华教授否认了这点。至少它不是一般意义上的黑洞。黑洞不会凭空出现在我们生活的地方,毕竟一个柚子大小的原初黑洞就能完全改变太阳系外围矮行星的轨道。如果它是黑洞,我们早就不存在了。"

"或许,我们确实不存在了。"

我们陷入了短暂的沉默。而后,陈最又说:"论文到此,没有下文。戴华放弃了所有的研究。"

"既然她的研究已经有了眉目,为什么最终放弃了?"

"他们都说她疯了。但是交谈之后,我发现她比任何人都清醒。她提到了现代数学的核心原则:公理。依据理性不证自明的基本事实,经过人类长期反复的考验,不需要再加证明的基本命题被称为公理。这是大多数人认可的说法,一般还有哲学上的认识:如果宇宙是神创造的,那么这些公理可能就是一开始神设定的参数,世界是已经规定好规则的游戏,公理就是规则,也就是语言。我们总说，公理不需要被证明，比如皮亚诺公理、欧几里得几何中的直线公理和平行公理、线性空间的八条公理。如果数学中的公理无法被证明，那公理如何保证自身的正确呢？"

"公理不分对错，修改公理会产生新的体系。"

"没错，比如在皮亚诺公理体系下，抽屉原理是正确的，但在量子力学中，抽屉原理就不成立。公理也只是一种假设罢了，你会判断假设的对错吗？她忽然认识到，如果一切都是假设，那么我们就生活在一个不确定的世界中，时间的流向是不明的。这些问题一个套着一个，无穷无尽，离她所追寻的真理越来越远。"

忽然间，我想起了一件重要的事，但一时不知道如何开口。陈最好像看穿了我的心思，他低声对我说："还有一件你最关心的事。"他俯下身，从伏在地上的黑色手提包里取出手提电脑，打开一个衔尾蛇图标的程序，向我展示了一个布满数字的页面。

虽然我完全不懂十进制数字，但我已经预感到这串数字的意义，我的心狂乱地跳动着，呼吸变得急促，万分期待，万分恐惧。他平静地按下了回车键，页面仅显示一行简短的文字。

我撑着眼睛把这行字读了一遍又一遍，字体却越来越模糊，直至我完全认不出任何一个字。

"我看不清楚，你能帮我读出来吗？"

"受访者编号017：顾玉珍，生于一九四〇年四月十四日，失踪于一九九七年八月二十二日。"

字从陈最的口中一个一个弹跳出来，又回到了页面上——受访者编号017：顾玉珍，生于一九四〇年四月十四日，失踪于一九九七年八月二十二日。

"没有其他的了吗？没有照片吗？"我用颤抖的声音说。

陈最遗憾地摇摇头。"我看到了所有受访者和失踪者的名单，唯独记得这个名字。这个名字让我想起了她模模糊糊的形象，也想起了你。你一定等待这个名字很久了。除此之外，别无其他了。"

小婆在这个世界上唯一的留存，仅剩下这行文字。

"谢谢你。"说完，我失声大哭起来，大雨并未掩盖住我的失态。约莫一个小时后，我才稍微平复了心情。回过神的时候，陈最不见了，我在隔壁房间一张布满裂纹的牛皮沙发的角落里找到了他。

看起来他小憩了一会儿，现在又醒了，正睡眼惺忪地胡乱翻着一本书。我已经确定他早已知晓了一切，于是迫不及待地再一次问道："蛹到底是什么？"

他被我的声音所惊扰，揉了揉发红的眼睛，把书摊在沙发旁的边桌上，然后坐起身，认真地对我说："它是无限。"我仔细甄别着他说出的每一个字,生怕有所遗漏。他继续说:"它是幼儿能够发出的一切声音、一切语言。它是真正的整体,甚至包含着悖论。蛹,就是那个整体的影子。所有可能性的公理都包含其中。当我们的语言恢复,那个整体就闭合了,割裂的、带有开口的世界闭合,形成一个统一体。但是,它释放出的不可见之物却被保留了下来。"

"它是真实存在的吗?"我并不十分理解,却又似乎知道了什么。

"它可能是唯一的真实。不是我们距离无限太远,而是太近。它是一个离我们很近的盲点,永远无法看清它,就像埃舍尔那幅《画廊》中心的白色空缺。不是我们凝视着它,而是它在凝视着我们。"他说。

我好像被无数道闪电击中,却止步不前,被困在原地,无法逃离。一时间,我失去了语言和思考,进入一种混沌的失神状态。

"立体迷宫还在吗?"他问。

他的声音很远,我的声音也很远。

"还在。"我说。

雨停了,云翳变幻,太阳恢复运行。外面传来珠颈斑鸠的鸣叫,它们总在暮色降临之前回巢。我们不由自主地往东界走。狭长的阴影在大地上显现,我们俩的影子变成了向东方倾斜的巨人。那是我们的影子吗？

　　影子是被风吹向一个中心的，直到整个天空被不明的黑暗遮蔽。整个村子都浸透在一种暧昧的光线中，介于黄昏与黑夜之间，极为短暂的暮蓝时刻。太阳从未被遮蔽。它保持着日落时刻的形态和色彩，低旋在地平线上方。在暗色的衬托中，就像一颗静止的心脏。

　　那声音极为逼近耳膜，混合了风、海浪和螺旋桨的刮水声。仔细去听，那些声音又是极为遥远的，像来自一个不可想象的星系。那是世界上最为妖异的语言，包含着一种不断上升的隐秘调性，似乎是谁在和我对话。但当我努力去甄别语言中的信息，调子又出其不意地向下降落，回到起点和最初的难解之中。

　　为了向他展示我解开迷宫的过程，我一直把它留在东界。东界已完全被荒草覆盖住，它空了，正因如此，它保留着童年的时空。我进去找了一圈，很快找到了。

　　他看着我手中的立体迷宫，表情万分复杂，不知道是崇敬，还是悲恸。他似乎要哭了。

　　"我并不能确定我到底是活着，还是死了。"陈最忽然对我说，"有一天我看着它，看到了一切，看到我死了。我听到哥哥对我哭的声音。与此同时，我看到了哥哥的死，在我死之前死了。不可思议，我都不知道如何向你转述。我的死和他的死都发生了，但又都没有发生。"

直到这时我才明白他说的死是什么意思。他不是在诉诸隐喻，而是他真的抵达过那里。

陈最继续说："我感觉自己好像一个没有融化的雪人，或许一切都只是一个死者的梦而已。我的活着是这个世界统一起来的证明。世界需要统一性来掩盖那些扩散的错乱，防止整个系统的崩溃。禁止、巡查就是在纠错，但也许只是在用更多错误去纠正过去的错误，硬生生把割裂的世界合并起来，忽视千万条的裂缝。从此，割裂的世界终于完整了，弥合成统一体。我们接受了割裂后的重组。在不同的语言游戏中会出现不同的统一体，尽管世界和世界的界限并不稳定，但在两者的交汇处，我们可以找到共通的生活形式。没有真正的语言，只有共通的生活形式，这恰恰是盲目的。"

说完，他把迷宫放到我耳边，轻轻摇晃，瞳陨石仍然卡在里面。我接过迷宫，又摇晃了两下，那张陈旧的地图在我脑中徐徐展开。瞳陨石就在第六层迷宫的中间段，我想起那里有两条路径，其中一条拐入死路，另一条通往出口。

"它就在里面。"

"我知道，它一直在里面。"

"你会害怕的，又忍不住看。你想知道的都在里面了，往里面看。"他使用了一种近乎命令的口气，"你会理解得比我更深刻。"

我再次沉溺地透过小孔往里看。起先是漆黑一片，然后我脚下一空，浮了起来。一条突如其来的河流在我脚下暴涨，将物质均匀铺开，它们流向遥远的不可知地带，在古老河床的罅隙中，数不尽的原初黑洞睁开虚妄的眼睛，在空洞中布网，织造烟雾星云、棒旋星系。我看到了瞳陨石，又透过瞳陨石看到了蛹，并用蛹的眼睛看到了信息。

它的目光穿越遍布碎石的柯伊伯带、土星南极电子风暴下的钻石、木星恐怖的红色巨眼和水星永恒的黄昏。它看向一颗星球四亿年前的某一天：一条冲动的鱼爬上陆地，决定四处游荡一会儿而不是马上返回海洋。这条鱼的后代演化成提塔利克鱼，成为我们的祖先。它看向最后一个尼安德特人在洞穴中的临终时刻，看到沉默基因的终结。它看到古美索不达米亚的一面小巧而清晰的黏土碑文，见证了一位国王四千年前的谵妄。它听到十八世纪里昂工厂的巨大噪音，第一台织布机正在解码穿孔卡片上的布样信息，丝线通过一个洞或一个空白，升降起相应的线，编织出世界上最繁复壮丽的锦布图。它触到虚空中飞梭的摩斯电码，被滚烫的电流脉冲灼伤。它摸到DNA双螺旋结构下新生的风，想象出图灵论文中的计算机雏形。它看到拉普拉斯脑中诞生的恶魔。它看到康威的生命游戏,生与死的格子不断跳动迭代,上层游戏制造出下层游戏,生命游戏又创造出图灵完备的生命游戏。它听到巴赫的《卡农》,被压缩成代码刻录在CD上,经历了不断升高的六次变调,又奇迹地恢复到最初的C小调。它看到埃舍尔在石板上创作《画廊》,在画面中心留出一个难解的白洞,签上了自己的名字。

我目睹了长江口水下缓慢涨出两个暗沙。技高胆大的渔民、樵夫驾舟登岛,白手起家。我们的第一代祖先就在这里辟草垦荒,结网捕鱼。我看到有人在荒草地里捡到了蛹,黢黑的眼珠来自虚空的残留,它擦除并改写了我们的信息。

我听到了母亲生产时的撕裂声,听到东边房间传来的"归零"声。我看到消逝的一切,布样、衣服、"半只台"。我听到大火中的电话铃声,听到曾外祖母呼唤小婆的名字。婆婆纳野花回到了我的衬衫领口上。"顾玉珍"被重新写到墙壁上,写到挂历上,写到黄页簿上,名字回到了它应该在的地方。我看到婆残缺的手,听到她叩击桌面的节奏,听到她绝望的诘问。我看到所有的梦境和无数的分流变形,看到交错的时空,不存在的姐妹在可能性的时空里继续生活。我看到我朋友的死去与重生,看到他脑中的混乱膨胀如宇宙红移,向所有维度胀开。

所有的命运都被收束在此方之内,就卡在迷宫的两条路径的交叉点中。

这个空泡储存了人类的想法、希望、文学、祈祷以及灵魂的倾吐。它感受到我们的不解、痛苦、复杂和扭曲，它知道我们永远寻找爱与意义，却不得不面对死。它栖身于所有事物的阴影中，一次次在分形中诞生，在混沌中迷失。它通过语言从实在的世界进入象征的世界，它听到了我的每一个念头、每一个想法、每一句私语，以及它们之间盘根错节的关系。它是连接彼岸和此岸的桥梁，是连接实在界和象征界的通道，它让我们站在此岸就能体验到彼岸，却不至于立刻到达彼岸。

时间从此刻向过去和未来流淌，我们在相遇时告别，又在告别中相遇。未来重塑了过去的每一张脸、每一颗心灵、每一个时刻。过去生出新的芽点，往各个方向生长，滋生出不同的未来。

但我无从言说，"我思于我不在之处，我身在我不思之处。"我，接近一个动词，无法被任何名词捕获。我在"世界之外"看到了我。我松开凝视，按照脑中的路径将迷宫向左手边倾斜，瞳陨石滚落下来。这时立体迷宫忽然变成一只精致、逼真的玩具屋，它不就是东界的老屋吗？此刻它是湿润、炙手的，它体内的青苔在生长。我把它放在地上，周围的荒草也变小了，小如一块芳香的毛织物。

我们感受着一切，不敢发出任何声音。我们缓步穿越连接村子和杉树林的小径，曾淹死小孩的水渠缩小了，只不过是一道积水的车辙。这个世界再次向我们打开，把我们的身体和心灵缠结在一起，消逝和创生同时发生，我们别无选择。随着一声渺远的轮船汽笛声响起，天一下子黑了，紧接着大地颤抖起来。所有想象中的、孕育中的、不存在的、已消逝的，都汇合在此，比我们内心所理解的要多得多。

旷宇低吟

献给奶奶

一

去年清会辞去话剧团的工作,开始埋头写剧本。她搬回镇上的老屋,在围墙外砌了一个小花圃,种了几棵好养活的月季、芍药,还有一棵和她等身的柠檬树,老屋成了她的工作室和秘密花园。年前我们联络过一次,她说柠檬树是带着花的,等结了果就给我寄。我们约好疫情过去就见面,仿佛时空只是被按下了暂停键。

她被发现的时候已经死去两天。当时正逢疫情蔓延,一个年轻女性突然暴毙,不免引起恐慌。一时间流言四起,引来数家媒体的跟踪报道。最后法医鉴定清会死于呕吐物造成的窒息,可能是同时服用了感冒药和酒精。因火葬场有严格的人数限制,除了几个要紧的亲戚,清会的妈妈只通知了我一个友人到场。清会的母亲护着运尸车一道而来，她的口罩被泪水打湿，不断翕张，整个人因呼吸困难而摇晃起来，一个微胖的妇人上前撑住了她，扶她走到一边。然后那微胖的妇人也恸哭起来，一边哭，一边喊着"我的心肝，我的儿"。听声音应该是清会的姨妈。清会叫她"美珍姆妈"。

清会的母亲并未放声，她靠在一处阴冷的墙上卸了力，持续抽泣着，像是大地震后的余颤。太阳在云里穿梭，她没入水杉的影中，好像有什么鸟儿在她头顶盘桓，仔细看去，墙上竟有一处波光在悠然晃动，附近确有一处奔腾的大河。悬于半空的河流与深渊中的狭长阴影形成了一幅神秘的画面，仿佛相互抵消着什么。这时我听到水声，脑中忽然闪过一条乌云般的黑色大鲤鱼。

我们在空旷的地方等待尸体化冰，清会躺进棺木中的时候，已经穿好衣服了。茶色丝绸衬衫做底，外面罩乳白色薄羊绒开衫，最外面穿驼色羊绒大衣。下面穿着花格呢子长裙，搭配藤黑色方头小皮鞋。我轻声对清会的母亲说，衣服选得好，会会肯定欢喜。她没有回答，只是用力点头，发烫的酸热袭来，大片的泪水涌下来。美珍拉起我的手说："我和她妈妈一起选的。塞了五百块给殡仪馆那边，所以穿得齐整。"她的手是凉的，声音有些颤抖，"头发一根都不乱，蛮好。"美珍似乎是在自我安慰，大家都知道她是最看重衣服的，大商场里的衣服，从衣料剪裁到缝线锁边，总有她能挑出毛病的地方。临时准备的衣服，不大可能真的满意。

我看了眼清会，她的眼睛安然紧闭着，嘴角松弛，看不出任何情绪。脸庞前所未有的干净，往年积累的痤疮淡痕已全然不见，让人想起她还是幼童时的无暇。看久了，我总觉得她在和我们开玩笑，等一下推进去，说不定冷不丁坐起来，冲我们大喊一声：Suprise！有一点可以肯定，按照清会的性格，她死了是不要人哭她的。要是能亲手操办，她的棺材会设计成太空飞船的样式。或许比起睡在棺材里，她更想待在树上。我们应该在大油松上安一个树屋，放置她的骨灰。记得她曾开玩笑说，将来死了，葬礼上要循环播放希妮德·奥康娜的歌。

哪一首呢？我问。

猜猜看，她说。

《Nothing Compares 2 U》？我猜。

不对，是《Thank you for hearing me》，她说。

清会的母亲依然立在那里，被风吹得干枯的手伸进风衣的大兜里摸索着什么，没有找到她要的东西，又扶着额头伤心起来。我记得她是抽烟的，我本可以递给她一根烟，又觉得不妥。一个工作人员抬手看了下表说：差不多可以进去了。清会的妈妈忽然从另一个空间回过神，两大步走过来扑向清会，凄声大哭起来。她按住了棺木不让任何人挪动。见工作人员为难，美珍忽然说：还要化妆的吧？

工作人员压低了声音说：实在不好意思，我们这里就一个化妆师，特殊时期一直没回来。她看起来，看起来蛮好的。有人附和道：是啊，蛮好的，就这样蛮好的。这时一个高大的青年突然挪动脚步，走到清会的身边。他呼了口长气，像是做了什么决定：阿姨，我可以帮清会化的。

是陆去非。刚才他岿然不动，我还以为他是某个亲戚的儿子。

清会的母亲好像并未听见，于是陆去非又重复了一遍："阿姨，我可以帮清会化妆。有化妆品吗？"

清会的母亲终于抬眼看他："你帮她化啊，你会的？"

"应该和画画差不多。"他答。

美珍连忙说："让他化吧。会会爱漂亮的。"

"阿姨，用我的吧，我的都是小样。"我把随身携带的化妆包递给陆去非，里面有一面小镜子、一支眉笔、一支口红以及一块补妆用的粉饼。"知道怎么化吗？"我问。

"我画人像不错，大概是知道的。"说完，陆去非从化妆包里取出粉饼，轻轻拍着清会的脸庞。她的皮肤在轻拍中跳跃，让人感受到年轻的弹性。匀色后，陆去非又给眉毛上色，勾勒出唇形，为唇部和脸颊打上自然的绯红。清会的脸庞清晰明媚起来。看到清会恢复了生机，几个亲戚也忍不住动容，哭了起来。化完后，陆去非收起化妆品还给了我，然后默默退到角落里。清会的母亲抚摸着她的头发，发现口红有点涂出界，于是用小指轻轻一抹，帮她把唇色修正了过来。毋庸置疑，她们曾是一个人。

　　清会的骨灰会在这里寄存一段时间，等买好墓地才能落葬。临走前，我终于把烟递给了清会的妈妈。我准备搭朋友的便车回市区，陆去非则选择坐公车，于是我就送他到枢纽站。十四岁那年，陆去非临时转校到我和清会所在的初中，与我们分在一班。虽然仅做了一年同学，友谊却维系得不错。我曾短暂暗恋过他，不过他明显和清会更谈得拢，我不过是借着"清会朋友"的身份与他相处。大学毕业后，陆去非赴日读研究生，之后在那里做设计工作，自此以后我们再也没有见过。

　　"有很多事情我都不记得了。只记得你墙上挂满了蝴蝶标本，只记得其中有一只蝴蝶的翅膀上长了眼睛。"

　　"可能是玫瑰绡眼蝶。周末我就去林子里抓昆虫，抓到过一只竹象。"

　　"我看到你把它做成了标本。"

　　"你还记得这件事啊。"

奇怪，唯独这件事历历在目。我看到他打开一个玻璃瓶，瓶身上写着：乙酸乙醚。他用镊子把竹象放置进去，很快那格里高尔似的小细腿就不动了。他用小钢针剔除竹象的内脏组织和肌肉组织，然后把竹象钉在泡沫塑料上，让其展翅。最后竹象被粘在一节光滑的竹节上，它复活了。

发车了，车上只有他一个乘客，于是他脱下口罩和我道别。没想到他居然蓄了胡子，看上去就像是曾经那个他的长辈。

二

小镇地处远郊，名字不足挂齿。我和清会住在森林的延伸地带，两栋宅子之间只隔着几棵矮小的梨树和一户养羊的人家。有时候，母羊被放出去吃草，羊羔不安了就会发出焦虑的叫声。那叫声穿过栅栏、篱笆、梨树，传到清会那里，她就学着母羊的声音叫唤两声，羊羔还真就平静下来。清会原先也有一只羊，养到老大了也不许别人卖掉。她外婆想拆了羊棚种些菜，就背着她偷偷把羊卖了。清会下学回家，一看羊不见了，哭得撕心裂肺，差不多就要随羊一起去了。外婆只好领着她去找羊，还好收羊的没来得及杀，赔了五十块钱，又把羊牵了回来。后来那羊太活络，奔出去半天就被车撞死。邻居看到了，把尸体拖回来，也就是想要个羊腿尝鲜。没想到清会发了疯似的大叫，邻居铩羽而归。

那天清会在梨树边挖了一个很深很大的洞，自己率先躺进洞里试了试，然后才和外婆一同把羊埋了进去的。

"你不要学她。"妈妈这样教育我。

"谁会像她，我最讨厌她了。"我如此说道。从小我就会装乖，说的话大人爱听。上学以前，我几乎从未和清会说过话。我听某个长辈说，清会以前住在另一个镇上，她爸爸原来做进出口生意，赚了不少钱。后来跑到澳门去赌钱，输得精光回来，厂子不要了，和情妇卷款逃跑，从此音讯全无。清会的妈妈卖了房产抵债，后来搬回娘家，在附近的一家棉纺厂上班。家中还有一个老母亲和一个没有出阁的老姐姐。

我只要站在阳台上，就能观察到清会家的某个切面。燠热的夏天，几个女人喜欢把桌子搬到屋外，露天吃饭，我甚至能看到她们的菜肴，她们常吃一些地头小菜，吃河里的鱼虾蟹，但不常吃肉。她们的饭桌上总是飘来酒的醇香。清会的外婆、母亲和姨妈，无一例外都喝酒，一个夏天下来，屋外总能堆起几个空的啤酒箱。米酒、黄酒、梅子酒也是常喝的。清会上一年级的时候就开始喝酒了，她把妈妈用空的香水瓶洗干净，用小漏斗装满梅子酒。白天她在瓶颈上牵一根绳子，走到石桥上把瓶子浸到河底冰镇。晚上出去疯玩，渴了就拔出软木塞豪饮。一天夜里，她攀在泡桐树上喝醉了，居然睡着了。外婆找了她半天，最后举着根长竹竿把她从树上捅了下来。

清会的童年是在树上度过的。她最先征服的是一棵瓜子黄杨。那棵树就种在她家大门口，每次路过，总能看到她整个躺坐在那棵可怜的瓜子黄杨树上，时间久了，树叶按照她的身形长成了一张座椅，这是她的王座。后来她长大一点，就去爬广玉兰、枫香、梧桐，连黏糊糊的松树都爬。有些老树长到四五层楼高，她是怎么避开蜂窝的呢？我总是好奇她在树顶都干些什么，她肯定见过无数的鸟巢，说不定还见证过琥珀的形成。某一天，她居然爬上一棵三百岁的古香樟。香樟的树干要几个人环抱才能围住，树顶高耸入云，一眼望不到尽头。但在清会眼里，这棵古树并无特别，她一节一节地爬上去，速度奇快。在她消失之前，我朝她大叫："你不能爬这棵树。"

"为什么不能爬？"

"就是不能，你快下来。要不然我就打你。"

祝清会并不理睬我，她爬上了一节宽厚的树枝，坐在树杈上，跷起二郎腿冲我讪笑，我更生气了，想上树和她理论。但爬树并不像看起来的那么简单，她看我抬起腿不上不下，忽然就开始口头传授要领，俨然宗师的口气："手抓住最粗的那根树枝，然后脚踩住凸起来的地方，用力蹬。"

我照着她的话去做，还是不得要领。主干是光秃秃的，她是如何爬上去的呢？几次尝试后，我放弃了。这时清会又攀了两节树枝，她的上半身完全被香樟的枝叶覆盖住，我只能看到她的腰和腿。她穿了一双高筒袜和一双水晶凉鞋，鞋头上有一个起飞的阿童木。她轻盈地站在一根树枝上，像是在眺望远处。

"你看到啥了？"我在低处问。

"好大好大的太阳，往山后面沉。"

"山还很远吧。"

"不远，从这儿看，什么都不远。还能看到马路呢。"

"真的吗？"

"不信你自己上来看吧。"

几周以后，我也爬上了那棵樟树，只要爬上第一节树枝，一切就变得简单了。但我不敢爬得太高，就和她一起坐在低处的一根粗壮的树枝上。清会掏了掏口袋，摸出一颗黄宝石般的糖果塞到我手里。因为怕龋齿，妈妈从来不让我吃糖，那天我得了她的糖果，好像得到了进入某个世界的许可证，迫不及待扭开了透明的糖纸，糖果是柠檬味的,却远远胜过柠檬的味道,那种酸涩和甜蜜让人心惊肉跳。

"你手脚真笨。"清会突然说。

"不像你,野人一样。"我不服气地说。这是孩子之间的一种复杂的试探,会直接影响以后我们的交往。虽然话一说出来我就后悔了,但后悔并不及清会的反应来得快,她伸出小手掌朝我胸口用力一推,我就从树枝上掉下去,糖也从嘴巴里飞了出去。幸亏我落在另一节树枝上,有了缓冲,否则早在七岁时我就不在人世了。

清会下了树,将我扶起来坐到旁边一块光滑的树桩上。自我有记忆开始,它就是一块树桩,但它曾经应该是一棵高大的水杉。我认真数过它发黑的年轮,只要一数到二十头就发昏,年轮像车轮似的滚动起来,看着看着,我整个人也跟着转动起来。

清会轻声说,你腿上流血了!我低头一看,腿上确是开了一道小口,但并不严重,血凝在伤口上,没有滴落。你休息下吧,清会又说。我闭上眼睛,年轮在眼前旋转起来。奇怪的事发生了,我突然感觉"我"离开了自己的身体,轻微一跃,飘到半空中。阳光透过树叶的细缝照射下来,就像鱼儿呼出的泡泡。我忽然不确定我到底是不是"我"了,因为我竟然能看到"我"扶着额头坐在树桩上,我的脑袋尖尖的,头顶上长了个银河系似的旋。清会捧着脸蹲在一旁，看上去很内疚。但我对于"下面"发生的事漠不关心，只想冲破枝叶的遮蔽，往更高的地方去。这时清会揪起身边的一根狗尾草，在我的头上轻轻敲打了两下。我一个晃神，好像从很遥远的地方回来，忽然老了十几岁。

清会问我怎么了，我摇摇头，什么都说不出来。见我好一些，她扶着我来到她家，帮我清理了伤口，还用干净的手帕帮我包起来。小孩子之间的恩怨是最容易化解的，风把汗水吹干，也把刚才的事忘了。清会的家是一栋三层楼房，外立面没有贴砖，水泥色已经泛黄。除了她的外婆，所有人都住在二楼。第三个楼层是储藏室，存放着生锈的锄头、镰刀，还有好多巨大的酒坛子，里面装着陈年的谷子、麦子、腌菜、酱瓜，还泡着梅子酒、葡萄酒、米酒。后来这里成了我们的秘密基地，我们经常到这里来捉迷藏，或者跑到外面，看远处的景色。在那里，看得到麦田、杉树，远处就是古香樟，这就是我们童年画卷的全部了。捉迷藏时，我偶尔会躲进空坛子里，那种黑暗有空旷宁静之感。后来我经常梦到这里，梦到自己依然躲在大酒坛子里，等待清会掀开稻草编的盖子。

刚收了麦子，我们就躺在芳香的麦垛上吃李子，天还没黑，长庚星已经坠在松枝下，我们望着星星，忽然有什么东西从树上掉了下来，上前看竟是一只陌生的鸟儿，扑扇了两下翅膀就死去了。它头顶戴着棕色羽冠，末端缀着黑斑，喙像倒挂的月牙，身上披着斑斓的羽衣，如蝴蝶巨翅。我们从未见过如此美丽的动物。"原来鸟死了真的会从天上掉下来。"我说。"像神仙一样。"清会说，"马上就要铺上水泥地了，就埋在这里吧，不会被什么别的动物挖出来的。它在天之灵会保佑我们的。"我听着觉得颇有道理，于是就和她一起埋葬了它。几天后，清会家建起了围墙，铺上了水泥地。我们一直知道，在坚硬的水泥地下，埋藏着一位微小的神。

小镇的生态环境和城市全然不同，植被丰富，常有貉子、长吻松鼠等小型野生动物出没，虫子长得很大，我曾见过半个手掌大小的白额高脚蛛和金环胡蜂。这里还栖息着一种虎头蜂，它们斑纹美丽，体态健美，就像显微镜下的老虎。不过生性却极其凶残，我的一位堂兄在七岁的时候因不小心拍翻了虎头蜂的巢穴而被蜇死。听说虎头蜂喜欢在其他昆虫的体内产卵。卵孵化成幼虫后就慢慢把宿主吃空。如果看到菜叶上缓行着肉肠大小的毛毛虫，大抵是被虎头蜂寄生了。我们就曾被一只虎头蜂盯上，清会反应及时，拉着我狂奔，遇到一处水塘，直接把我按了进去。等了好一会儿，实在憋不住我俩才冒出头。

"搞了半天，就一只吗？"我心里有点怪她大惊小怪。"黄蜂绕着飞，说明大部队马上要来，等一会儿就晚了。我俩皮薄，经不住的。"清会说。"那我们差点就被蜇死？"我后怕地说道。"是啊，九死一生！"清会笑道。身上湿了水，身体特别沉，我们像两只湿漉漉的水獭，吃力地爬上了岸。我们互看一眼对方的狼狈样，忽然狂笑起来。

还有一天，我和清会爬到一棵空心树上，一只鸳鸯从树洞里探头探脑地出来，扑扇两下翅膀飞到了树下。这是我第一次近距离观察鸟的巢穴，还是罕见的鸳鸯窝，差点激动地叫出来，清会堵上我的嘴，手指往树洞处一指，那里还有窸窸窣窣的鸟语——过了一会儿，一个毛茸茸的小脑袋探出来，伸长着脖子嗅了嗅，它很快适应了外面的空气，爬到树干上，学着母亲的样子挥动翅膀。不过它的翅膀实在太短小，根本不可能飞起来。正当我以为它只是出于好奇才出窝的时候，它奋力挥舞起小翅膀，纵身一跃，滚到了地上。它摔了个大跟头，马上又爬起来，跟跟跄跄地走到母亲身边，神气地仰起头看向它的兄弟姐妹……第二只、第三只、第四只小毛球纷纷跳出巢穴，平稳地降落到松软的草地上。我在心里默数一遍，这棵空心树里竟然孕育了十二只幼鸟。清会告诉我，这些小鸳鸯不会再回来了，它们会随着母亲开始在水域中生活，直到它们繁衍下一代才会回到树上。

后来我在父亲的书房读到一本《树上的男爵》，里面的男主人公竟也喜欢待在树上，于是迫不及待地和清会分享。"柯西莫十二岁开始一直住在树上，从来没下来过，直到死。他不仅像贵族一样生活，还能读书思考，谈恋爱，最后还成了大英雄。"那时清会已经不爬树了，但她的眼神还是怀有森林深处的神秘。童年已经远去，那些森林与河流的复杂气息却不曾在她身上消失。她喜欢讲述小时候发生的事，把真实和虚构掺和在一起，有时连我都恍然被蛊惑。在她的故事里，最经典可怖的要数莽子的故事。莽子就住在她家门前的大河里，有时会跃出水面，抢她手里的雪糕。一天夜里她在河边走，莽子趁着夜色摸她的脚踝。

"摸你脚踝干吗？"一个同学问。"看看顺不顺手啊。"清会说。"顺手的话会怎么样？"那同学又问。"那样……"清会瞪圆了眼睛，俯身摸了一下那个同学的脚踝，然后不紧不慢地说，"如果顺手的话，它就会把你拖进河里。"那位同学被吓得一哆嗦，尖叫一声，差点哭出来。这时清会轻拍她的肩膀说："别怕，莽子盯上的是我。"同学这才放松一点，紧迫的呼吸也畅然了。

这个故事流传甚广，连低年级的孩子都被吓坏了。回想起来，我确实是见过莽子的。那时清会的妈妈经常上夜班，美珍开店到很晚，她就在我家吃晚饭。她喜欢吃我爸爸做的鱼，刀鱼、梅子鱼、鲳鱼、带鱼。她只吃鱼，但我不吃。爸爸说我是陆生的，而她是水生的。听到这话，我不大高兴。小的时候，爸爸去山区支教了五年，所以我和他并不亲密。他和清会倒是聊得来，三人在一起时，我和爸爸才能开些玩笑。一开始这种心情很复杂，但久了倒也觉得不错。我有时会跟着爸爸去清会家门前的河里钓鱼，一次钩子忽然紧了，我们看到水面下黑漆漆的，乌云似的一片。我们不敢出声，头上急得冒出了汗。爸爸紧张得忘了收线，那鱼很狡猾，吃几口就松口，然后摆尾跃起水面，朝我们炫耀。不可思议，它竟有一只黑狗大小，我们三人同时惊呼了起来。爸爸说，那是鲤鱼，长了十几年，确实会有这么大。那条大鲤鱼大概就是莽子的原型了。

晚上，田由由发来消息与我谈清会的事。她和清会是高中同学，我和她只算勉强认识，加了微信却不曾聊过。

"你们这边还不算晚吧？"

"不晚，我刚吃过饭。"

"之前我和清会的妈妈联系过了。如果不是这种情况，我肯定是要回来的。"

前两年她嫁给一个在上海工作的意大利人，生了个漂亮的混血儿。疫情暴发以后，丈夫带着她和儿子从香港转机，千辛万苦跑到那不勒斯的父母家住下。没想到意大利也暴发了疫情，短时间内他们是回不来了。这些情况我都是通过她不断更新的朋友圈了解到的。

"事情还算顺利，别太难过。"

"她才三十岁，那么生机勃勃，好像永远都不会死一样。"

"孩子怎么样，家里待得住吗？"

"每天在家里最起码跑两百圈，看着他我头晕。还好花园里能烧烤、踢球。我老公的亲戚都住在这个片区，大家互相能照应到。小叔子还和我公婆住一起，学校放假了，他在家也能帮忙带带孩子。"

"听说威尼斯的水里出现了鳄鱼和水母，你知道这事吗？"

"动物们确实都出没了。快清明了，帮我去坟上献束花。"

她转了一千块给我，我知道这钱是不能退的。

"一千块太多了，买什么花呢？"

"我听清会说，厄瓜多尔玫瑰挺贵的，她喜欢那种奇奇怪怪的颜色。你帮我订一些吧。"

"放心，我会的。你也照顾好自己。"

让我惊讶的是，田由由似乎完全变成了另一个人。过往的伤痕在她身上似乎完全消失了。在我们那个片区，几乎没有人不知道她的事。田由由高中时和一个社会青年恋爱，又不慎怀孕。家里人带她去做了人流，还把她的头发和眉毛都剃光。从此她变了个人，有时候走着走着，遇到电线杆就往上面撞，几次吃安眠药送到医院去洗胃。不得已辍学，一直住院疗养。清会是她唯一的朋友。从医院回来后，田由由索性就住在清会家里。后来她上了美容学校学习化妆，开了家网店卖化妆品。她好像完全好了，什么都不曾发生过。

三月，香樟落子，风一吹，黑色的果子哗啦啦滚到地上，像无数发亮的眼珠，反射出世界的缩影。整个春天，它们都会持续掉落，被行人的脚底、汽车的轮胎压扁，直到将地面染黑才会停止。只有一只耳朵的母猫怀孕了，原来经常喂它的邻居过年之后一直没有回来。实在太饿了，它就问我讨吃的。我向来怕猫，禁不住它缠人，有时候会割点火腿给它。邻居未归，她家的玉兰花还是开了。当它们还是毛茸茸的花骨朵时，我去剪了一枝，以前她要送我，我总是摆摆手婉拒，这回偷偷剪了，倒是很愉快。也有不寻常的事情，一夜疾风骤雨，后半夜才平息，醒来忽然听到乌鸦滑翔而过，发出空旷凄厉的叫声。我从未在这里见到过乌鸦，心里隐隐怀疑它是从那个渺远的小镇飞来的。

有一天我看到一只耳在桂花树下缩着，几个毛茸茸的肉团子正互相拱着吸奶。一只耳喘息着，仿佛正在用它的眼神把我钉在原地。我对它挥了挥手说，别怕，我去给你拿点吃的。它仿佛听懂了，垂下头把眼睛眯起来。它累坏了。

三

复工后的某个周末，妈妈来看望我，给我带了些她种在天井里的新鲜蔬菜。爸爸去世以后，我们把老屋卖了，在市区的小公寓定居。上班以后我就搬出去住了，和妈妈一样还是喜欢住在底楼那种带有小天井的公寓。最近妈妈交了男朋友，是个退休的公务员，比她大七八岁，但她不嫌弃。我见过他几次，头顶秃了，把两边的头发留长了做支援，实在欲盖弥彰不怎么好看。不过人倒是一点都没有发福的迹象，喜欢打扮，总是穿花衬衫和白色西装裤，皮鞋上有雕花或者镂空，想必平时也跳跳舞的。我不知道怎么称呼，也跟着妈妈叫他"老李"。之前我做了囊肿切除手术，老李和妈妈一道来看我，带了些水果，还坚持在我病房里吹奏口琴，说是对病情恢复有帮助。后来我还见过他在公园里演奏萨克斯，吹的是《莫斯科郊外的晚上》，妈妈就坐在旁边默默织毛线，我从未见过她这样平和。一直以为她不会喜欢这种老头，但事实总是超乎我的想象。

"清明了,我和你一起去看看你爸。"

我愣了一下,以为自己听错了。爸爸在我上大学一年级的那一年在家中自缢,没有留下遗书,没有人知道他为什么要死。除了偶尔说起父亲的自私,妈妈再也没有提起过他,后来都是我一个人去上坟。父母想来是分房睡的,他们过着平凡的生活,很少争吵,只是不可能再有性生活了。爸爸在书房写教案、读书、画画,我从来不觉得有什么反常,因为我们都已经习惯了这样的生活。我去读寄宿高中以后,爸爸一直住在学校宿舍,那时他的班级在拼升学率,我们完全理解他。虽然很少真的在一起相处,但每逢春节,三个人还是要相聚。爸爸早早买了菜、炸鱼、做肉丸子、蒸八宝饭。妈妈一个人包下所有的清洁工作,有时也帮爸爸打下手。父亲的死成了一个谜。我总是梦到他还与我们生活在一起,挖了蚯蚓,提上小桶准备去钓鱼。梦中惊起,总是难以再次入眠。

"那我请个假一起去吧。就怕路上人多。"我说。

"现在祭扫要网上预约的,我都约好了,就这星期天。"妈妈说。

临走前妈妈的手握着门把,转动前她说:"清会,清会这小孩太可惜了。"

"是啊。"我小心翼翼地说。

"落葬了吗?"她问。

"还没,估计还要再等一段时间。"我说。

"你们要好,落葬你要去的。"说完,她转下把手,飘身离开了。

初二那一年,清会的妈妈靠劳务输出去了日本,在广岛的纺织厂上工。本来说好一年回来,她却去了三年。她和日本老板的婚外情很快被第一批回来的劳工抖出来,传得到处都是。日本老板叫山田,没有子女,据说清会的妈妈还在那里生了小孩。老板娘并不介意,一直亲自照顾婴儿。

"等你妈妈回来,看她奶子变大了没,女人生了孩子奶子都会变大,晓得伐。"同班的男生听闻后故意对清会这样说。清会不说话,走到男生的书桌前,迅速从桌肚里抽出了他的书包,然后走到窗口把书包里的书本、试卷、练习册一股脑全都倾倒出去。那天下着雨,又刮大风,很多试卷被吹散,浸入水洼中。男生赶紧冲下楼,他全身被雨淋得湿透,一边捡书一边哭。清会回到自己的座位,仿佛无事发生。

清会的外婆身体不好,家里就靠美珍撑着。她开了家服装加工店,赚点小钱都花在清会身上了。我妈就常去那里叫她改裤子,因为我和清会要好,美珍不好意思收钱。我妈妈从不穿裙装，我也被她打扮成小男孩的样子。后来美珍为我量体做了一件和清会一样的碎花连衣裙，我妈觉得好看，便也买了布料找美珍做了长裙。

清会和我面临中考，美珍担心她的数学成绩，于是找了我爸帮她补课。上课时我和清会一起做题，爸爸考虑到清会的自尊心，从不布置过难的习题。每次只适当提高难度，循序渐进，果然清会的成绩提高了。后来我考上了一所寄宿制重点中学，常挑灯夜战到凌晨，就算周末也不常回来。清会在小镇上高中，爸爸还是经常给她补课，回到家我总能看到书桌上多了很多试卷，错误的地方还标出了详细的解题思路。爸爸去世后，清会忽然谈及爸爸的诗集，想要留下做纪念。但这对我来说却是一本"不存在的书"。

"一本薄薄的小书，封面上写着：陈修诗集。"

"哪里来的书？"

"他自己整理编订的，只有一本。"

我完全不知道爸爸写诗，更不知道他著有什么诗集，于是就去问妈妈。她颤颤巍巍拿出一封信，摊在桌上要我看。居然是清会写给爸爸的情书，虽然内容并不严重，但青涩的爱意表露无遗。妈妈扶着额头哭，边哭边声嘶力竭地喊："他为什么要这么对我们？"喊出来又大哭一场。晚上她说头痛，吃了布洛芬才睡着。

那天我彻底删除了清会的名字，解除了社交网站的所有关联，删除了通讯录上的号码，就连同学录上属于她的那一页都撕去。两年后，我无意中在妈妈的枕头底下发现了父亲的诗集，居然是用线缝订起来的手工书，封面是他画的钢笔画，描绘着小镇夏天的景色。诗集收录了三十余首小诗。爸爸的诗歌写得粗粝，没有生僻的隐喻，也没有精妙的韵脚，读起来有点像旧杂志里的"幽默一刻"。不过有几首还挺让人回味，让我想起了童年的某些瞬间：

  我总幻想自己钓到黄唇鱼，发一笔横财卖他个百八十万。
  转念又觉得钱花不出去，最后只能给女儿做嫁妆。
  但女婿定不能叫我满意，哪有男人会比父亲还好呢？
  这样一想还是不要钓到黄唇鱼，钓些鲫鱼、昂刺鱼、小猫鱼就好。

读罢我忍不住笑出声来，原来爸爸还曾想到过我的婚姻大事。虽然靠这些诗歌永远无法在文坛出头，但作为日常的消遣自娱自乐已然足够。翻了几页，读到一首

《深夜药店》，心又跟着沉郁下来。

> 到了深夜，镇上只有二分之一家药店还开着
> 那原本是一家大药房，傍晚五点员工准时下班
> 到了夜里十点要买药就要绕到后门去
> 黑漆漆的一片，只有一扇十八寸电视机大小的窗半掩着
> 我叩了叩窗：来瓶安定，顺便把医院开的处方递进去
> 那个胖胖的店员收钱抓药，始终不发一言
> 好像在用缄默审判我的失眠

我竟从未与父亲真正交谈过，对他的热爱和痛苦一无所知。不知道为什么，看到这本诗集后我不再恨清会了，甚至想把诗集送给她。但我没有这么做，只是把诗集偷偷掖进衣服里，带出房间收了起来。后来几次看到妈妈里里外外翻找，只当不知道。

直到清会搬回老宅，我才鼓起勇气重新找回了她的联系方式。我们在微信上聊天，好像又回到小时候。但我始终没有提起那件事，也没有提起当初为什么删了她。还是清会率先摊牌："那都是很早以前的事了，陈老师一开始就拒绝了我。我把信给他，他说春天不该做秋天做

的事，我一下子懂了。他又说我现在还不适合搞创作，至少要先读到大学，只有这样我才有选择的权利。我的想象力太锋锐，像林子里的野兽，总有种不要命的势头，看起来是自由，其实是种束缚。"

大概一开始我就不相信他们之间真的存在不伦恋。清会如此解释后，我心中反倒觉得遗憾。几日后，陆去非又致电给我，聊起一些琐碎往事。他突然想起以前清会家有一只会走路的洗衣机。"记不记得清会说他们家的洗衣机会走路，我们都不相信。有一天她忽然很急地叫我们过去看洗衣机走路。"

"我记得这件事。我要补课，就没去成。"

"我去看了。原来她们准备扔了洗衣机买个新的，洗衣机被搬到屋外。清会说既然要扔，不妨就让我见识见识。她把洗衣机连上拖线板，打开电源，洗衣机竟然动起来，像卡通片里那样，感觉里头有个人急着要出来。晃着晃着洗衣机真的走出去几十公分，如果拖线板再短一点，说不定就脱缰跑了。"他笑了，"不知道为什么，记得的都是这种事。"

我"嗯"了一声，一时不知道回应些什么。

他继续说："最近我老是有一种不真实的感觉。疫情让一切停下来，先是一个市场，后是一座城，接着两座城、三座城、一个国家，最后整个世界停下来。有时我在想，为什么会发生这样的事？会不会眼前的一切都不是真实的，只是某种神级玩家的电脑游戏而已。最近CPU的那种玩意儿不够用了，所以就启动了病毒的程序。"

虽然我不懂游戏，也大概知道他的意思。"对了，想不想一起去动物园？"我提议。

"怎么突然想去动物园？"

"想起清会以前的一篇作文，名叫《出动物园记》，被老师判定为失败范文，要她在全班面前大声朗读，大家逐一批评。她不服气，读得很大声，大家听完说不出个所以然。后来她自己说，之所以失败是因为这个作文没有中心思想。"

"文章都讲了什么？"

"动物园里住了一头得了抑郁症的大象，每天被关在一个巨大的笼子里。有一天管理员晚上忘记关笼子，大象就偷跑出来，决定上街溜达。它先是在动物园里溜达了一圈，又躲过了门卫，逃出了动物园，在灯火通明的大街上走了几步，然后又乖乖回到了笼子里。"

"我问她，大象为什么回来，她说因为大象发现外面不是森林，比起笼子，城市更让它恐惧。"

"这么听来，也并不是没有意义，只不过没有一个确定的意义吧。"

约定去动物园的那天下了雨，本来想取消，下午却放晴了。我穿了新买的夏装，虽然要戴口罩，但仍然化了淡妆。到了动物园门口，陆去非已经在那儿等候，不过和他一同的还有一位坐轮椅的老人。

"实在不好意思，今天我爷爷也想出来，事情有些突然，还没想好怎么和你说。"

老人穿着干净的灰色西服，看上去稍有些宽大，他的眼神十分黯淡，仿佛失去了大半的灵魂。我向他问好，他只是勉强笑了笑，然后退回到黯淡的世界中。因为带着老人，我们的行程放缓了，入园半个小时才看了些小型猫科动物。后来我们走到一处凉亭，看到几个孩子举着冰激凌，老人也吵着要吃。陆去非马上去买了两只冰激凌，一只给他的爷爷，另一只给我。老人吃冰激凌的时候变得十分专注，仿佛品尝其中的甜蜜是世界上最要紧的事。

我们终于在凉亭里坐下，陆去非说：本来我是一个人出来的。但是爷爷昨天忽然发作，乱摔东西，还打了看护。看护今天请假回家，我不放心他一个人在护理院，就把他带来了。

"你爷爷看上去身体还不错，气质也很好。好像听你说过以前是大学老师？"

"嗯，教日语的。"

"那他现在，还记得吗？"

"不记得啦，普通话也说不来，只说宁波话。他是宁波人。"

"怪不得你们说话我有点听不懂。"

陆去非从口袋里摸出一包日本烟，抽出一根又放了回去。他转头把烟递给老人，问道："爷爷，盒子上写的什么？"爷爷凑近了脸，从西装口袋里拿出一只放大镜琢磨起包装纸上的日文，然后一个字一个字念了出来。

"爷爷好像在说数字？"我道。

"嗯，好像是银行卡密码吧。"陆去非答。

我笑了，老人也跟着笑了。只是他的笑容茫然，很快又开始面无表情地吃冰激凌。陆去非拿出水彩本和铅笔开始打线稿，画了几笔始终不够满意，于是合上本子说："今天一点都画不出来。"

"没灵感？"

"嗯，光线一般。"

"我一直想知道，你为什么那么喜欢画画？"

"其实笔触都是很简单的，组合起来就可以表现出事物的分形和混沌，掌握好明暗关系，画画不难。水彩尤其有意思，懂得其中要领以后，就会发现水会自己作画。笔触只不过是顺着水的意志在完成它的创造。"

"这么说，绘画是对造物的模仿？"

"对，如果完全复制，反而失去了美感。"

这时一个管理员举着扩音喇叭走过来喊："游客们请注意，闭园时间是四点半，四点半，还没有去野兽区的抓紧上游览车。"

老人坐着轮椅不方便，我们放弃了猛兽区，直接漫步到动物园出口附近看大象。那些大象看起来都很苍老，步履蹒跚，行动缓慢。任凭游客们如何挑逗，它们都不予理会，继续垂着头吃草料。其中一只大象被铁链缚着腿，活动范围不过一个身位大小。它不断晃动着身体，有时还用头撞击身旁的大石头，看上去很焦躁。

"它怎么了？"我问。

"可能是生病了吧。"陆去非说。

爷爷看着大象出了神，冰激凌已经吃完，但他手里还紧紧捏着包装纸。

离开动物园时，我对陆去非说："你知道吗，我从没有梦到过成年以后的事。"

"成年以后认识的人，总梦到过吧？"

"没有，一个都没有。同事，朋友，都没梦到过。"

回到狭窄的公寓中，我总是想起那只焦虑到不断摇晃的大象。我所租住的小区经常断电漏水，租金却很高，松动的窨井盖之下流动着城市的污秽与过往。我开始担心，有一天我的尸体也会从那里被抬出去。我走出屋子，顺着邻居的院子往更深处走，走到别墅区，看到了奇谲的荒凉景象。周围种植着高耸的文旦树，遮蔽了天空。我在路边看到一只腐烂的文旦，往前两步又看到另一个。我发现一处荒废的院落，院子里落满了巨大的金黄色文旦，就像土地上赫然长出的一片星球。有一些已经腐烂，露出了青灰色的腐烂面。房子的主人应该搬走很久了，我站在栅栏外久久注视着这幅画面，想象人类消失后地球的图景。

我一直以为，岁月还很长，去羊肠小道上摘野花、研究石头纹路、收集昆虫尸体的机会还很多。我们还能经常见面，还能互相调侃、吵架，但事实却并不是这样。夜里我梦到老屋，屋子里很黑，我牵着清会的手往外走，门口横卧一株枯树，树瘤里环抱着一具小小的、肥硕的鸟尸。再往外走，差点踩到一具更小的已经风化僵硬的鸟尸。惊觉周围原是一片鸟的坟地。我们继续往外走，很快看到光亮，空旷的乡间小道上，清晨的阳光斜射在麦田上，风吹来，麦浪涌动。这不是梦，而是曾经真实存在过的麦田。我预感到在往后的岁月里会不断回想起这一刻，除了温柔和沉静，没有任何内容。甚至在我们诞生之前，这片麦田就已经存在，飘荡在一个不可知的空间里，最后降落在我的梦中。

梦中听到有人对我说不要张开嘴，会有雀鸟飞进去。

我"啊"了一声,他说,呀,飞进去了,但我什么也没感觉到。他让我吃一种木屑,并告诉我,不吃的话会死的,吃下去把它呕出来,不然它把你的血管都啄破了。我掰着木屑吃起来,嗓子越来越难受。我感到喉管里毛茸茸的存在,那种煎熬、挣扎、求生欲传递给我,我只能边哭边吃木屑。终于,我感觉到窒息,我在融化它,一阵痉挛后我开始呕吐。

四

扫墓那天,我带了爸爸爱吃的豆沙馅青团和枣泥糕,还有一本复印的诗集,是给妈妈的。

"原来那本呢?"

"嗯,我留着。"

妈妈没说话,把诗集小心放进手提包里。

晚上老李请我和妈妈在南京路上一家本帮菜酒楼吃饭。老李点了几道招牌菜,我们也算吃得开心。吃完饭他郑重地对我说,我和你妈妈打算结婚了。虽然有点意外,但我很快就恢复平静,也许早有预感会这样发展。妈妈说,不办酒,只是领个证。我连忙说,我有朋友做婚庆,你没穿过婚纱是种遗憾,不如我找他给你们拍点结婚照?妈妈说,现在老了,穿那奇怪。但是可以请他帮我们一家人拍个照。你看如何？我点点头说，当然要的。

临走前，我忽然想起一件事，便问老李："听说你会吉他的？"

老李说："年轻的时候跟风学过，不是强项，但会几个和弦。"

"如果有吉他谱，可以弹出来吗？"我问。

老李点头说："应该是可以的。"

夏天的气息日益浓厚，夜里居然能听到蛙声。一只耳的孩子已经到处跑动了。我买了猫粮放在草丛里，它们准点来吃，有时还会剩下一点，留给别的路经野猫。邻居已经回来，但一只耳似乎更愿意待在靠近我的地方。

入睡前，又接到田由由的电话。她说那不勒斯还没有天黑，他们摘了树莓和枇杷，她又说附近有人得这个病死了，说着说着她哭起来："你知道吗，这么多年我还是经常梦到被剃头发。他们按着我的头，剃头，剃完我的头皮上病变了，全身的皮肤都开始溃烂。他们还要分开我的腿，绞我的肉。"

"你又想起来了。"

"怎么能忘记呢。后来清会送我一顶假发，那顶假发我还留着。"

"我好像见你戴过，挺漂亮，适合你，对了和你现在的发型差不多。"

"嗯,长短合适。她还给我修了刘海。那顶假发还是美珍店里的,那时候常有演出团的人去那里订假发,据说都是从义乌进货的,做工不错。她给我选了一顶,阳光下泛着栗色。但又不觉得是染过色,我瞳色浅,倒是正好。"

陆去非因工作上的事去了外地,清会落葬,他没有来,只发了一段长长的文字给我:

> 刚才读到一段话想与你分享:友人甲乙丙之中,要是甲去世,那么,乙不只失去了甲,而且失去了"丙身上的甲",丙也不只失去甲,而且失去"乙身上的甲"。在我的每位友人身上,总有些东西,唯有别的友人才能完全呈现出来。仅凭我自己,我不足以让一个人展其全貌,我需要别的光束,照亮他的方方面面……
>
> 最近我一直在思考岁月对死去的人意味着什么,他们的信息都去了哪里?我们的谈话只能把破碎的逝者拼凑起来,逝者的形象会在谈论中被不断更正吗,还是越来越混沌?唯有一点确定,我们不必再对逝者伪装,爱与憎恨都不会作假。所有的叙事者最终都会成为逝者。

清会的墓地就在火葬场附近,她外婆也葬在那里。落葬那天,我和老李一同前往。我捧着一百朵厄瓜多尔玫瑰,老李则背着一把借来的吉他。老李并不擅长这种曲风,练了几次心里还是没有底。我鼓励他说,没事的,清会不介意。清会的妈妈听说我们要演奏,提前和墓园的人打了招呼,怕影响到其他追思的人。那日,墓园里并没有什么人。清会的妈妈还有美珍老早就等候在门口,她们手里捧着鲜花和遗像,清会笑得很神气。

"这张照片很熟悉啊,是大学里演话剧时的定妆照?"我问。

"嗯,清会他们自己搞的戏。她呀正经照片没有,只好用这张。"美珍说。

"小姑娘老漂亮的,像电影明星一样。"老李夸道。

"做不了明星,只要有人夸她就会脸红,拜托人家不要再谈下去。"美珍又说。

落葬仪式结束后,老李取下背上的吉他,开始弹奏。也许是生疏的关系,一直弹错。

Thank you for hearing me

Thank you for hearing me

Thank you for hearing me

……

我不由自主地跟着七七八八的旋律唱起来,破音和跑调交织在一起，但还是坚持唱完了。我们回到清会家，在屋前烧纸。我把爸爸的诗集抛入火中，火舌卷着纸张，吞吃着词语和万物。烧完纸，清会的妈妈钻进了厨房，她执意留我和老李吃晚饭。我去新落成的小花园转了转，围墙上爬着一丛蔷薇，开得正盛。而月季和芍药的花期已尽，只剩些许残花。那棵绿油油的想必就是柠檬树了，站在它面前一比，确实比我高了半个头，与我和清会的身高差一致。仔细看，树干上竟结了一只新鲜的蛹。我拍了长照片发给陆去非，他说这可能是黄尖襟粉蝶的幼虫化成的，蛹期非常漫长，要咬牙度过冬天才能化蝶。

美珍忽然找来，把我拉进了清会的房间，拿出一张男孩的照片叫我看。男孩穿着日本校服，面容清秀，笑起来虎牙突出。

"这是？"

"清会在日本的弟弟呀。他一直知道亲生妈妈在中国，最近通过老山田写信过来，说是要和妈妈见面。"

"倒和清会长得蛮像。那……"

"她还在犹豫，发生这种事情，心情是很复杂的。不过我想她会想通的，毕竟也是自己的孩子。"

"读中学了？"

"嗯，应该读中学了，名字叫山田清幸。"说完美珍捂着脸哭起来。

我又在清会的房间里待了一会儿。原来从窗口望出去，也能看到我家的一个切面，以前却不曾注意到这一点。不知道在清会眼中，那些曾经的生活场景都是什么模样？现在那里已被他人占据，改建得面目全非。如果遇到房子现在的主人，我应该会感到害怕，甚至难过得大哭一场，好像自己的童年也被他人侵占了一样。

清会，我收到了陆去非的画，大象站在旷宇中，不再被目光注视。边界消失了，世界正在发生巨大的变化。本来想去楼上仓房看看，但不知不觉我就在你的房间睡着了，我梦到那些屋子空了，酒坛子不知去向。醒来天色已晚，长庚星坠到松树下，河面有巨物翻腾。

第四人称

一

牟颖至今依然住在父母留下的房子里，就在他读书时候那所已经被拆掉的小学附近。这间底楼的两室一厅是突然间空了出来的，两年前，父亲出去夜钓，意外去世，一年后，母亲经人介绍，谈了一个退休的大学老师，再婚后，就跟丈夫住到苏州去了。原来拥挤的屋子，如今腾出了空间，于是就邀艾兰住过来，之前常喂养的一只很老的野猫也偶尔收容到家里。

那天牟颖被一声极近的闷雷震醒，但预期的风雨并没有降下。他半醒着，半睁开眼，身旁的艾兰丝毫没有动静，酣睡着，轻声打鼾。大概是书柜的第二层隔板又塌了，这一层装的都是大部头，很沉，上个月坏过一次。

晨光打亮了柜中的书脊，奶油色的《往事与随想》

微微隆起，像鲸类挺出水面的腹部。《芬尼根的守灵夜》紧挨着《卡拉马佐夫兄弟》，《包法利夫人》仰面朝天倚靠在《安娜·卡列宁娜》上，《卡夫卡全集》完全滑倒，中册将玻璃柜门撑开一道缝隙，隐约传出呼救声。自从其中一颗关键的钉子失踪后，这是书柜的第二次塌方。书和书柜都是舅舅的，牟颖懒得去施救，翻个身接着睡。直到早上 7:30，牟颖被一个急促的电话催醒。是舅舅打来的，为了不打扰艾兰休息，他随手披了睡衣，坐到客厅的矮沙发里去接听。

"我要住院了。"

牟颖脱离了含混不清的梦，一下子清醒。"你怎么了？"

"我要住院了。"费希重复了一遍。

"生毛病啦？"

"精神方面的，下周三家属探视，可以，可以帮我带点东西吗？"费希的嘴里像含着水。

牟颖的心里一阵阵在拧紧。费希患有抑郁症多年，断断续续吃药、治疗。这几年，他们和费希的联系变少了，一年到头也没什么声音，就觉得他好多了。但这个电话打破了之前的乐观设想。

"吃药不管用吗？"

"之前吃的盐酸舍曲林，效果蛮好的，副作用也大，有段时间不吃了。"

"哪家医院？"

费希用稍加调侃的语气说："最有名的那家。"

"宛平南路600号？"

"唉，没想到真的住进去了。"

"怕吗？"

"我一个神经病，有啥好怕的。"

两人不约而同地笑了两声，凝重的气氛缓和了一些。

"总归没有住过。"牟颖又说。

"有病么，就治呀，没有办法的。会习惯的，一开始，所有的病人都要住到一级病区的，有护士看着，半小时来一次。我晓得有些人表现不好，会被捆起来。如果表现可以的话，就能住到二级病区去了。那里的活动空间大点，有电视机。哦，对了，有电话的，投币电话。想得到吗，现在居然还有投币电话。"

"手机不好带吗？"

"可以的，但是要封住摄像头，电话卡拔掉。"

每当舅舅想要掩饰什么，就会佯装轻松活跃，东一句西一句地糊弄过去。

"这个病，走医保吗？"

"可以走。"

"有困难就说。"

"放心，暂时够的。"

"和你阿姐说了吗?"

"先不要告诉她。"

"都这样了还不说?"

"你晓得的，告诉她就完了，完蛋了。她又要讲我没病，换个工作就好了，找个老婆就好了，只要过正常的生活就好了。到底什么是正常的生活呢，她晓得吗?"

牟颖的脑袋里嗡嗡响着，有螺旋桨不停搅动，各种声音刮进来。他闪过一些念头，母亲人在苏州，要怎么通知她呢，发微信还是打电话，或者当面说更妥帖?如果妈妈一时半会儿回不来，照顾和探视的责任可能落到他头上了，医药费兴许也要垫付一点。

"那你打算什么时候说?"

"慢点说。病好了么，也就不用说了呀。"

"对了，重要的忘记了，要帮你带点什么过来?"

"带点吃的过来，这里的菜半点油水都刮不出来。"

"想吃什么呢?"

"突然想吃哈斗了，再来点素鸭。这里有冰箱，放点零食也不会坏掉。其他就不用了，来看看我就好。"

牟颖忽然想起早上的塌方。"书，一本都不要?"

"我打算在这里写小说，很定心的。书不要带，习惯了，写作的时候不读书的。哦，对了，还要一件事忘记了,我跟这里的人说,我是写小说的,他们不信。你把我的作品带过来,他们就晓得了。"

"什么作品啊?"牟颖有点摸不着头脑。

"就是那篇《第四人称》,我在这里继续写。"他又补充,"是一篇关于小说的小说,就是编辑最不喜欢的那类小说。他们都讲,现在的作者笔下的人物,好像没有别的职业,个个都是小说家。我看不是,写作的人越来越少了,我不知道附近还有谁在写作。你帮我找找吧,就在那堆书里。"

"什么样子的?那堆书我理过几遍,没看见什么稿子。"

"写了好多年了,一直没有收尾。就在那堆书里,你一打开就看到了。"

牟颖讨厌舅舅这样,即便不发病,也总是答非所问,只能和半个他沟通。稿子的事情,也很麻烦,多半是找不到了。舅舅确实是一个文学爱好者,但牟颖对他所从事的文学活动一无所知,只知道他以前发表过几个小说,又突然不写了,这五六年来,也不再听到他谈文学的事,大家心照不宣,都觉得他放弃了。

客厅半掩的窗户有风吹来,牟颖觉得冷,正要去关,猫正好归来,从翕开的窗户跻身进来,不动声色地落地,卷到牟颖脚边,竖起尾巴贴着他的腿绕圈,发出类似拧摩托的亲昵声。这是一只体型瘦长的白色狮子猫,绿眼睛、粉鼻子。牟颖小时候就见过它了,可能是哪家搬迁的人留下的。父亲常喂它,它就留在楼道口附近生活,桂花树到垃圾桶是它的领地范围。头几年,它生了几窝猫仔,后来得过乳腺增生,父亲抱去宠物医院治好了,顺便给它做了绝育。父亲也许想过养它,但母亲不许,他也就不和它过分亲近,没有给它取什么名字。狮子猫也懂得拿捏住一种分寸,始终保持着亲切但疏离的姿态。不知怎么的,最近一段时间,它总是出现在窗口,一次艾兰打开窗户,轻声唤它,它就进来了。有时候吃了粮走,有时候睡一觉再走。欢乐的时候也翻倒,露出松弛的原始袋,让人抚摸。艾兰喜欢它,常烤鸡胸肉给它吃,她叫它"猫"。

猫吃了点烤鸡胸肉,在它专属的坐垫上清洁、磨爪、打瞌睡。牟颖回到房间,艾兰醒了,正趴在床尾玩手机。他们初次见面是在朋友聚会上,两人喝了酒,就开始拉着手说话,拥抱,亲吻。认识不到一周,艾兰就住到这里了。除了吃饭、洗澡、上厕所,她几乎从不离开床。他们之间的维系,除了性爱,别无他物。所以,艾兰不能算是他的女友。

艾兰没有发觉牟颖正盯着她看,她背上驮着厚厚的法兰绒毛毯,看上去就像被压在五指山下的弼马温。

"今天星期几?"牟颖故意问。

"不是周末吗?"艾兰说。

"我还以为你已经没有时间的概念了。"牟颖说。艾兰放下手机,不声不响地起床洗漱。回房的时候,她发现书柜塌了一层,刚要打开柜门,牟颖粗暴地喝住了她。"别动。"

"书柜坏了。"

"你不动它就不会坏。"

"难道永远不打开吗?"

"和你也没什么关系。"

牟颖没想到有一天他会像母亲那样说话。那天上午,艾兰离开了小公寓。他想起艾兰好像说过她的家离这儿不远,或许是在古羊路,也可能在田林镇。她可能不会再来了。

二

原来牟颖的房间也有舅舅的一半。费希工作以后,就搬出去住了,但书还是留在这里,不时又寄几本回来。书桌老早放不下了,只能一摞摞在地板上垒起来,垒到山高,不小心碰倒了,就山体迸溅,无处下脚。叫他别寄了，卖掉点，他答应了，拿来纸盒子、蛇皮袋，煞有介事地下了单，快递员都来了，又中途后悔。

那年双十一，费希去宜家买了只像样的书柜，毕利系列人造板材，橡木贴片，六层隔板，每块隔板可承重三十公斤，优惠期间不到千元拿下。除了价格便宜，它底部预留的踢脚线位置较高，不管搬到哪里都适合。费希和牟颖空出一个下午组装书柜，赫然发现它的背板居然只是由十几个脆弱的四爪钉和几条胶带拼合起来的，每层隔板都摇摇欲坠地挂在稍微探出头的四颗小钉子上。但费希却说，九百九十八块，还能要求什么？他将每一本书都分门别类地归置好。为了不浪费空间，每层隔板都放了两排书，书顶的空隙还要铺一些文学杂志。这只几乎不占地方的书柜竟然能容纳下五百册藏书，其中还不乏扎实的大部头。虽然牟颖从未读过里面的书，但他相信书柜内部存在某种秩序和范式，形成一种特殊的美感。

《卡夫卡全集》的中册依然卡在那里，达成了某种诡异的平衡。如果现在打开柜门，不知道会发生什么。

这些年，牟颖一直担心某个可怕的时刻将要来临，不知道为什么，接到这个电话以后他倒松了口气，最坏的来了，就像被鬣狗群咬住的角马，挣扎没有用了。约莫四五年前，费希还是沪上一家小报的编辑。报社倒了以后，他就失业了，做了几份工，都不长久。刚暴发疫情那会儿，牟颖和母亲去看望过他，给他带了口罩和酒精。他租住在一个散发着馊味的小区里，家里非常脏乱，蟑螂毫不避讳地跑来跑去，没有及时扔掉的垃圾袋里还有可疑的响动。所有的门把手都是油腻的，每个角落里都发生着霉变。但好在茶缸里还有些好闻的茶叶，只要还在喝茶，人就不至于垮掉。上一次同他见面，还是半年前的事。费希的状态好多了，开始收拾家里，人也变得干净整洁。他从闲鱼上买了辆摩托，一定要让牟颖陪着去取车。

"喏，就是这辆。豪爵125-8K。"费希指着那辆和他看起来毫无关系的庞然大物说。

费希谨慎地查看了发动机，又摸了摸车身。牟颖帮他检查了行车证、保险单和发票联。卖家姓王，东北口音浓重，自称是辽宁盘锦人。他用发达的双臂扶着车把，利索地支起大蹬，打着了火。"你试试。"王先生对费希说。

"这么大，好骑吗？"牟颖看着舅舅瘦小的身体，禁不住怀疑。

舅舅毫不犹豫地跨上了车，拧了拧油门说："声音挺平稳的。"他一看就没什么经验，连车把手都扶不稳。

王先生给他演示怎么检查轮子和手把，又打开电钮，把灯光挨个演示一遍。"我这车新,刚保养完,完全没问题。"说完他让费希骑一圈。

费希有些慌乱地点了点头,他完全忘记怎么打火捏离合,车子半天发不出去。他尴尬地咧开嘴笑着,说学车的时候报的是银钢三轮,能拿D本。好在磨合了一会儿,倒也上手了。载着外甥开出去几圈。

那天,牟颖得知费希正在做闪送,闪送满五单,学车有优惠。那五单,是牟颖给他凑出来的。学车和买车的空档期,他的闪送分降到了谷底,只能抢些没人愿意接的单。虽然牟颖为舅舅的生计担忧,但看到他开心的样子就没表露出来,还给他拍了很多照片。取完车,费希请客吃饭,还叫上了老朋友韦祎。三人在嘉善路上的一家本帮菜馆吃了葱油鲜黄贝、椒盐猪手和梅干菜烧毛蟹。韦祎是费希在文学上唯一的朋友,也只有她还愿意赴约,听他说些不着边际的文学理想。吃饭的空档,韦祎偷偷买了单,费希还有点不高兴。那时候他看起来和普通人没有区别,不像生病的样子。当然,无论是做闪送,还是生病住院,他都没打算告诉他的阿姐。

星期三,牟颖去看费希。他单肩背着一只帆布袋,里面装着两条巧克力哈斗,和四袋素鸭。哈斗是网上代购的,素鸭是早上特意去龙华寺买的。牟颖走出地铁口,风带来一批批悬铃木的金色种子,他下意识地按紧口罩,仍然感到毛茸茸的细小触手正通过口腔鼻腔伸进身体里。他好像到了很高的地方,在直升机上,被人逼着往外跳伞。

医院门口竖立着粟宗华的半身雕像,门诊大楼和普通医院没有两样,办完一系列访客登记手续后,他向住院部走去,途经一个花木繁盛的院子,感觉有双眼睛正盯着他看。四处望去,毫无影踪,只看见鹅掌楸上落着一只胖乎乎的乌鸫幼鸟,正一动不动地凝视着他。它尚未褪去绒羽,眼神带有初生的纯洁与好奇。刹那间,他被这种凝视打动了,他忽然感受到某种超越的东西,像坠入梦中般挪不动步子,定定地愣在原地站了很久,直到亲鸟回巢,厉声警告,他才低头加快了脚步。

牟颖和费希在一个晦暗的走道里见面,见到牟颖,费希勉强笑了笑,还轻声开玩笑说他又长高了。他们坐在龟裂的塑料椅子上。费希穿着一件单薄的病服,外面罩着一件摇粒绒开衫。这件衣服是前年过年的时候母亲买给他的,让他当家居服穿。他刚理过发,过于短了,完全暴露出冻伤的耳朵。他的皮肤和嘴唇是干裂的,很久没有喝水的样子,整个人缩着,好像很冷。无论牟颖说什么,问什么,他都低着头很认真地回答,好像对自己的处境很愧疚。"这里洗澡不方便,一个礼拜就洗两次。"他把身体往旁边挪了挪,离外甥远了一些,中间隔出一个座位。

"住得还习惯吗?"牟颖问。

费希说:"五点多就叫起了,然后就是各种集体活动,下午唱唱歌,治疗治疗,晚上八点钟就睡觉,人的适应能力是很强的。"说话时,他极力控制着自己的表情,好像稍一卸力,就有骇人之物从他的皮肤和神经中挣脱出来。牟颖还注意到,他好像看到什么刺眼的东西,说话时头一直偏左边,回避着什么。但光在很远的地方,根本照不到此处。

"你又看到他了,对吗?"牟颖问。

费希不说话。

牟颖拿出素鸭。"吃吗?早上去龙华寺买的,新鲜。"

费希瞥了一眼素鸭,兴趣全无地摇头。

"哈斗也买了,甜的,吃了开心点?"

费希点头。于是牟颖拿出哈斗,拆掉塑料包装,递给他。

费希接过哈斗,小心翼翼地拆开包装纸,像动物那样凑近鼻子嗅了嗅,又伸出舌头舔了舔,才小心咬下一口,嚼棉花那样嚼了半天,喉结一滚,一口哈斗咕噜咚掉进深渊。然后,他慢慢讲起手稿的事。"带过来了吗?"

"里里外外,翻了好几遍。没有呀。"

费希低下头,没声音。牟颖见他这副样子,只好说:"书柜坏掉了,塌了。"

"你没有找,一直都是这样的。"

牟颖本想争辩几句,却不知从何说起。这时,过道里有两个老人吵了起来。好像是为了苹果,一个说没吃过,另一个坚持说亲眼看到他吃过了又拿。两人吵着吵着,突然就互相掐起脖子来,一个膀大腰圆的护工赶紧跑过来,两臂一挡,迅速撩开了两只铐在一起的老龙虾。"吵什么,苹果多的是,每个人都有。"

一回头,座位上的费希不见了。仔细一看,才发现他缩到墙角去了,手中的哈斗也掉在地上。牟颖试图去拉他,但舅舅的身体变得很重,正在被身后的黑洞不断吸入。牟颖蹲下来,问他怎么了。费希缩到一个隐形的茧中,用双手重重拍打着脑门说,这里好痒。他的脸上露出惊恐的表情,他背身过去,用脑袋奋力撞墙,墙壁被砸得"砰砰"响,一边撞击,一边大喊:我不在,我不在。牟颖见状,连忙去拦,一名医生和方才劝架的两个护工不知从哪里冲过来,迅速按住了他。"你先回去吧,病人不大稳定。"医生对牟颖说。"要紧吗?"牟颖问。"人在医院里还有什么要紧不要紧?回去吧。"他们带走了费希。但还是能听到他的哭声:我不在,我不在。

如果费希不在这里,他会在哪里?

哈斗被踩得粉碎，正当牟颖为一地狼藉发愁时，一个身着病服的老人家扬着手中的扫帚说：不要紧，我来扫掉就好了。他的步伐轻飘飘的，像走在雾气里，弯腰清理的时候，口水也一同流了下来，牟颖认出他是方才多拿苹果的老人。他干活格外认真，在扫帚的搅动下，巧克力酱和面包屑混在一起黏在水泥地上，和屎没有两样。

离开住院大楼时，牟颖听到有人在大声公放收音机里的歌曲，曲子欢乐而熟悉，歌词却是第一次听到："我想去南洋群岛，怀抱琵琶一块跑，我想到哈尔滨去找那亲亲小娇娇……嘿，苏三呐，别哭号啕。你跟我到山东去吧，怀抱琵琶一块跑。我爬上电线杆儿，随着顺风向前流，谁料飞机突然掉下来，打伤八百小黑狗。"

回到家，牟颖直接冲到房间，打开书柜的门，一切发生得太快，甚至没有看到"卡夫卡"是如何逃脱的，塌方那层的书一股脑扑出来，坍塌的隔板砸向下一层书籍，他听到几颗钉子被弹出去的声音，但来不及了，第三层、第四层隔板几乎同时塌方。牟颖迅速后退了几步，不至于被倾泻而出的书籍掩埋，只是被其中一本砸中了脚背——爱丽丝·门罗那本名副其实的"传家宝"，精装版，842页，轻型纸，依然很疼。喷出的书在地板上积成一块崎岖地表，占满不足五平方米的房间，无从下脚。

牟颖花了一个多小时把书垒起来，但没有心力按照原来那样分类，只好大致收一收。由于隔板缺了几个钉子，他只能打电话给宜家要求重新配送一些零件，却被客服告知这款书柜已经停产，相关配件的库存也已清零，看来修好它的日期又要延后了。所有的书只是被垒起来而已，然后再将隔板盖在书上，用书支撑隔板。然后再垒一层书，垫上隔板，如此，不需要钉子，书柜也保持了相当的平衡性。关上柜门，他长舒一口气，好像隔绝了一场泥石流。

牟颖做了噩梦。太阳出现在天顶，是正午，但大地却浸入巨大、难解的阴影中。那些影子呈现几何形状，在地面上不断交汇、分离、变形。他抬头去寻找影子的本体，只看到一些沉默的建筑物。周围空无一人，耳边回荡着遥远的机械噪声。唯有影子在游动，它们是活生生的！他忽然感觉到一种难以言说的诡异，于是拼命逃离，但每跨一步，天就暗一度，直至满眼黢黑。牟颖惊起，吓出一身冷汗，再也没有办法睡着。那个叫青滨的小岛倏地从阴影中浮现出来。

世界有南极和北极，舟山有一个东极，在中国地图上，不过是难以辨认的微小一隅。一次母亲去舟山，带回一张地图，塞进腰包的隔层里。牟颖在偷摸零钱买划炮时，无意中摸出一张对折后又对折的地图，上面确有东极，它是中街山列岛的总称，远离舟山本岛，四周被东海包围。而青滨岛更不足为道，它驻守在东极的外缘地带，独自面对沉默而浩瀚的虚无。

母亲和舅舅，都是在青滨长大的。每次妈妈说起那里，就像河外星系一样遥远。她说外婆是个能人，曾是青滨唯一一所小学的语文老师，教三个年级。母亲和舅舅都曾是她的学生。除了教书，还要料理家事，外公在吕泗渔场做运输，不常回家。一回家，就要喝酒、赌钱，打老婆和小孩。妈妈十七岁离家投靠上海亲戚，说是被外公打怕了，再也不回去了。听说她只寄了一封信回去：在纱厂，有宿舍、医院、电影院和图书馆。四班三运转。我很好，勿念。信寄出去后，果真再也没有回去。外婆要见她，就倒几班船到舟山，妈妈会在一个折中的码头等她。说起与故乡的诀别，妈妈没有半点伤感，相反常借此对他人夸耀：一个偏远小岛上来的女人，在上海这座梦一样的城市里扎根下来，是何其不易。她在夜校认识了一个公务员，后来在单位分配的房子里结了婚，以为青滨的一切从此都与她无关了。

她会梦到奔跑、逃离，梦总是在一个昏暗的原点结束，她渐次放慢脚步，直至停下来，有什么追上了她，逮住了她。几年后，一个寻常的夏夜，外婆趁外公睡下，用榔头将其锤死。这起案件在当时很轰动，因外婆常年受到家暴，村民联名请求轻判，最终外婆被判入狱四年，服刑期间因肺栓塞去世。留下一个将要读初中的小舅舅，被寄养在亲戚家里。"她救了他一命，不然是要被打死的。"他们这样说。

外婆去世后，牟颖的父母决定收养遗孤。他们全家去接他。不记得转了几趟车几班船才登上青滨。旅途中，母亲始终愁眉不展，她对父亲说，自出门以后，有片乌云一直尾随，越追越急，她担心要刮大风，下大雨，就不好办了。

还好大雨没有落下，在摇摇晃晃的客轮上，牟颖晕得失去力气，趴在父亲的腿上，眼泪鼻涕流了一脸，脑子只盘桓着一件事，再也不要来了。船摇晃着靠近青滨，牟颖透过舷窗往外看，它像一块浮在水洼上的苔藓。即将傍岸时，他的心中第一次生出苍凉：这里怎么会有人居住呢？

青滨进入一个寻常的孤寂夜晚，牟颖看到一个清瘦的、睫毛纤长的男孩。那就是他的舅舅，十一岁了，身材还比不上大城市里七八岁的孩子。他没有穿上衣，背和脸晒得黑红，佝偻着背时骨节突出，看上去没有吃过什么好东西。听说他课业之余还会加工墨鱼赚些零用。大人们叫他们一起玩，牟颖却本能地远离舅舅，最先被辨认出的，不是血缘，而是腥膻和贫穷。

　　费希说话的时候，口腔里有一个暗洞。亲戚说，那颗原本长得很锋利的虎牙，是被他父亲用老虎钳拔去的，他因此发烧到三十九度，到镇上挂水挂了一周见好。后来就不怎么爱说话了，眼睛直勾勾看着一个地方，总说有一串黑色的蜘蛛爬进嘴里。那不是真实的蜘蛛，因为它们发出嘲笑，它们窃窃私语。他们还说，孩子一直等上海的亲戚来接。每天都要问几遍，他们什么时候来？听说要来了，一周前就已经理好了行李，只用一只旧书包就装满了。那一天，费希很高兴。一路上都新奇地透过舷窗玻璃往外看，看到大船经过，就喊：碰到了，碰到了。

　　到了上海以后，母亲专门托关系让自己的弟弟进了一家离家很远的住宿学校。那些黑色的蜘蛛从未消失过。它们总是突然出现在他周围，忽大忽小，发出可怖的嘲笑声。因为现实里也有蜘蛛，所以他并不能分清那到底是真实还是幻象。费希还时常能看到一个穿着军装的英国士兵，向他发出尖厉的嘲笑声，用粗壮的手指戳他的背，咬他。有时士兵手里拎着一把斧子，好像随时都要劈过来。

　　从前，费希为了躲避父亲的殴打，常躲到舅公汤阿山家里。汤阿山就给他讲故事，说是一艘日本军舰在附近沉没，他乘上舢板去救人，船上只能再载三人，第四个人试图登船的时候，他比了个"三"，第四个人就放开了船舷。费希曾在纪念馆见过英军的照片，不知道为什么，这些形象交叠在一起，凝聚成一个实在的人，总是紧紧跟随着他。

每当舅舅说起这些的时候，牟颖都害怕得发抖。

"他为什么要跟着你？"

"我也不知道。"

"他对你说话吗？"

"说。"

"说英语，还是中文？"

"说听不懂的话。"

妈妈不许他说这些。她对弟弟感情淡薄，无可厚非，那个家庭没有为她带来任何好的影响。高三时，费希的幻觉达到顶点，他开始看不清考卷上的字。母亲带他检查了眼睛和脑子，一切正常。他落榜了，复读期间承受着母亲喋喋不休的数落，第二年拼命考上南京的一所二本学校，读中文专业。他从未停止过写作。大学期间，写作曾带给他希望。只有写作的时候，他能坦然面对那些不存在的事物，把它们归置到纸上，文档上。至少在小说里，他可以控制那些声音。有时牟颖觉得，那天他们只把一半的舅舅接了过来，还有一半永远留在了岛上。

三

第二周，费希的情况好转了很多。主治医生一边剥香蕉，一边将敲过章的诊断证明书拍给牟颖，上面赫然写着：精神分裂症、急性应激障碍。

"危险吗？"牟颖担心地问，"会变出很多人格吗？"

"那是人格分裂，不一样的。放心，他暂时不危险，对他人没有暴力行为。"

主治医生姓高，看上去四十出头，皮肤白而细腻，眉毛文过，戴着一副玳瑁边眼镜，她告诉牟颖，他已经从一级病区转到了二级病区，那意味着更高的自由度，更大的活动区域。但高医生强调，精神分裂，是很严重的一种疾病。"他每天都需要机器辅助治疗。"

"什么意思？"

高医生三两口吞掉整只香蕉后，利索地将香蕉皮扔进废纸篓，然后说："就是电疗，他一直对这件事很谨慎。要求我们保留他的文学细胞。我们最近引进了新的机器，测试阶段，副作用小一些，就给他用，所以他都是最后一个做。"

牟颖点点头，但心里很没底，"我知道的，就是把人电成痴呆？"

"看样子，你美剧看得不少哦。要说副作用也不是没有，可能暂时会有一点影响，行动会迟缓些。"

"他还会好吗？"

"这里治疗效果都不错的。但他这种病，预后不好，要做好复发的准备。"

他本以为医生会和家属说一些安慰的话，显然是想错了。

"对了，他以前是作家啊？我们这里有物理学家，有哲学家，但大部分都是瞎说的。"高医生身边的年轻小护士突然说。她的厚唇呈现日出的色彩，毛发旺盛，体态健康丰盈，光明的模样与周围的颓败显得格格不入。

牟颖肯定地说："他发表过文章，也出过书。"他甚至想送她一本舅舅的书，虽然那是自费出版的。

"我就说，费希看上去气质不大一样，就像作家。"她又说起一件趣事："他在这里找了个出版经济人。也是个病人，年纪很轻，学天体物理的。他们整天在一起聊天，像情侣似的。"

费希的脸色变好了，粉刺也少了。由于他的病情趋于平稳，医生允许他们到花园里散步。"脸色像个活人了。"牟颖对他说。费希笑了出来。牟颖注意到他的手紧张地捏着一个苹果，一下子没捏住，掉在地上，清脆的苹果摔出了湿漉漉的伤痕。牟颖帮他捡起苹果说:"要不我帮你拿吧。"

"控制不好手,开车摔了,他们就不让我送了。"费希说。

牟颖早就猜到,闪送是做不长的。他告诉费希,书柜塌了,所以手稿还要慢慢找。但是费希没有接话茬,好像完全忘记这回事。他开始介绍起在病房的生活。"他们整天喊啊叫啊,在比赛谁先把房子喊塌。"他这样说并非出自恶意,而是为了告诉外甥,他的情况不是最差的。他又说,二级病区就要好很多,还好他第一周就转过来了。那些医生都很喜欢他,也不舍得他吃太多苦头。"和我一起来的那个,现在还在一级病区,要杀人,吓人吧。他们就把他绑起来。"在讲这些的时候,费希完全置身事外,好像在谈一部无聊的电视剧一样。"还有个哺乳期的,得了重度抑郁,她婆婆还把小孩送过来喝奶。作孽,每次小孩吸她乳头,她就想死,她婆婆还把小孩送过来喝奶,作孽。"他没有意识到总是把话说两遍。

牟颖很希望他能说说自己的事情,是什么时候病的,又是为什么病了,但他显然在回避这个话题,也在回避谈他的姐姐。兴许是想给舅舅一点希望,牟颖提议他出院以后可以搬回去住。"就住你姐夫那个房间。"

费希突然想起了什么,问:"门上的洞呢?"

"你阿姐上次回来的时候，叫人把整个门都换了，应该早点换的，没有想的那么难。"

费希一直记得姐夫的房门上曾有一个洞。当年，收养费希的事情，是姐夫拍板的。也是姐夫教费希下棋，帮他买文学书，鼓励他写作。费希上班以后，很少回去。多年来，姐夫都独自住在一间储藏室改造的小房间里。房间朝北，冬冷夏热，紧挨着厕所。有一天，他的门上出现一条长十公分左右的裂缝，他拖延没有修补，不到一年就变成一个大洞，蚊虫、壁虎自由穿行其间。卫生间管道本来就有问题，洞出现后，秽气随意穿梭，弥久不散。费希发现了那个洞越来越大，于是就钉了两块硬纸板上去，勉强将洞堵住。那年春天的一个夜晚，姐夫出去夜钓，溺水身亡。那个阴翳的房间又变回了储藏室。

"你妈，还好吗？"费希问。

"我见过那位老先生，中气蛮足的，但脑子有点糊涂了。一顿饭下来，问了我三次在哪里工作。他是日语专业的，俄语也说得不错，但如今只会说苏普了。我故意拿出一包日本烟让他读包装上的字，他看不清楚，也讲不明白，后来就瞎讲了几个数字。"

"他们现在住在哪里呢？"

"卖掉了苏州大学附近的老公房，在工业园区买了一套新的，十六层，还是顶好的学区房，望得到学校操场。"

"也不大回来了哦。"

"嗯,不大回来。"

费希叹了口气,然后从口袋里摸出一个折叠小棋盘,打开,想和外甥下象棋。牟颖并不会玩这个,于是费希蹲在地上,自顾自摆弄起来。或许是棋子太小了,他怎么都捏不住,好像有另一个人正在控制他的手,让他偏离原本的自己。院子里有几只乌鸦正在学飞,发现有人来了,就警觉地飞到更高处的树枝上。它们已经习得了戒心,并不与人对视。

大约五分钟以后,费希终于放弃,收起了棋盘。他们又在院子里走了一圈,迎面碰到了一个正在散步的年轻女孩,短发,瘦削,步子轻快,看起来不像病人。费希认识这个女孩,但他们并没有说话,只是面对面笑了笑,然后很自然地走到了一起。当费希意识到他要向外甥介绍的时候,才说:"这是阿黛,以后要做我出版经济人的,她是轻症。"

阿黛马上握住牟颖的手说:"双向情感障碍。"她热烈地笑着。

牟颖被阿黛的坦率逗笑了,他说:"我知道你,护士和我说你们俩很好。"

他们找到一张木质长椅坐下,阿黛打开了她随身携带的画本，原来她刚才在这里写生。是一些简笔画，但是明暗和线条都非常准确，一看就是受过专业训练的。"这是费希在构思。"她指着其中一幅画说。画中的费希只有背影，垂着头，看不到表情。阿黛又翻到下一页："这是费希在打电话。"她翻页的速度很快，以至于无法看清那些画的细节。"这是他们排队刮胡子。这里老头多，像他这样的少，所以我喜欢画费希。"阿黛的语速很慢，像认真吐字的小学生。

其中一幅画上画着一个笼子，里面有一只蓝绿色的鸟。这一幅画得格外稚气，与其他的笔触完全不同。"这是我。"她指着鸟说，"是一只青鸟。这笼子是爸爸妈妈，他们用爱把我关起来。"而方才，她正在画一堆羽毛。

"是谁的羽毛？"牟颖问。

"前两天，我从野猫嘴里救下一只小鸟。很小，毛茸茸的，还不会飞。带回了悄悄养在纸箱里，但是没关好窗户，我离开的时候，野猫进来把它叼走了。那里，就在那里。"她指着，"它在那里把它撕碎了，只剩下一些羽毛。"

阿黛指向一棵树，是那棵鹅掌楸，在斑驳的树影下，确实有羽毛在微风中翻飞。但它们又被凝固的血渍按在了地面，始终无法被吹散。费希突然说要写作，催促着说要回去。

"我记得你那台电脑,闲鱼上五百块卖掉了呀。"牟颖说。

"嗯,卖掉了。"费希说。

"那你怎么写稿子啦,要我给弄点稿纸吗?"牟颖问。

"这里太湿了,不好写。"费希说。

"又不是黄梅天,哪里湿啦?"牟颖又问。

"一写到纸上,青苔就长出来了,长满一张纸,不好写。你要承认,晓得伐,都是虚构的。你在我眼里,是虚构,我在你眼里,也是虚构。虚构才是真的。"

费希似是在自言自语,说着一种含混不清的语言,到后面,就完全听不懂了。他兀自走在前面,全然不理会他人。他走进一间活动室,关上了门。阿黛翕开一点门缝,光透了出来,那是一间明亮的屋子。牟颖看到舅舅手里拿着一个纸杯,正用食指沾着杯子里的水,在空墙上写字。当他写完几笔再去沾水时,墙上洇湿的水渍已经消失。写完一个字,又在原来地方开始写下一个字。水的痕迹是暂时的,字与字叠加在一起,却化为无形。

"你知道他为什么这样吗?"牟颖问阿黛。

"他不能让别人看见他在写什么,有人在监视他,到处都是议论的声音。他能听见别人议论他的作品。所以他不敢写下来,太吵了,根本写不下来。医生说,每个人都有内在的声音。一般人都知道,那些内在的声音不是真的,但费希不能分辨。这种声音打乱他的行为,瓦解他的现实感。你有过这种感觉吗?"

牟颖摇头。

阿黛继续说:"我和他说,眼前的世界也不一定真实,有可能他比我们都要清醒,他听了很高兴。"她又说,"你肯定玩过游戏吧?为了节省 CPU,只有在玩家操作的时候,界面才开始渲染,不然就是漆黑一片的。正因为玩家的存在,游戏的世界才被渲染出形状。这和光的作用很像。有没有可能,我们的世界也和游戏一样,只有光到达的地方,才被渲染出'真实'。那暗物质又是什么?是它们把星系凝结在一起。暗物质不与光发生关系,不能被直接观测,但我们知道它就在这里,星星才不至于被吹散。暗物质把银河系紧紧拽住,如果没有它,一切都会离散在宇宙中,不存在'自我'和'他者'。暗物质可能是唯一的真实,正因为它不被渲染,完全脱离于光的秩序之外。"

牟颖不明白阿黛在说什么,她好像也并没有在特意说给谁听。他下意识拿出手机,录下了费希写作的背影,然后把视频发给母亲,告诉她费希住院了,他已经没有办法。母亲依旧以长久的沉默对抗他的质问和控诉,然后开始掰扯她有多么不容易,她说陈老先生被查出了小脑萎缩,她可能暂时走不出来。沟通是无效的,经历迁回，飘荡到更虚无的地带。

　　牟颖的衣角湿了一片，渗出沁香的汁液。不知什么时候，苹果到了他的口袋里。他把它掏出来，一大口一大口吃掉了它。

四

　　牟颖忍不住发消息给艾兰：猫很久没来了。几天后她突然登门造访，带来钉子、钉枪，以及定做的小木片，说是要帮改造书柜。那天她化了淡妆，穿着轻便的鼠灰色卫衣套装，从长梦中解脱出来，清醒而富有活力。

　　他们把书全都搬出来，铺满整个房间。接着又把隔板和背板卸除，书柜只剩一副空荡荡的骨架。牟颖忽然有些不知所措，表现出忧虑："装不好了。"艾兰却相当有信心。"我看过日本旧房子改造的节目。那些七八十年的房子被凿开以后，房梁、柱子都被腐蚀得差不多了。难以想象，常年漏雨、漏电，人还能在里面生活。但总有办法的，把破的补起来，把坏的换掉，就能焕然一新。"

　　艾兰居然真的会点木工，牟颖就帮她打下手。他们将连接四块背板的胶带拆了，补上几颗四爪钉，再用钉枪将小木片钉在拼接处加固，然后罩上隔板，忙了半天，书柜总算被修好了，书也重新被归置，虽然它们失去原来的秩序，但看上去稳稳当当。他们心满意足地睡了一个长长的午觉，醒来已是晚上，于是就去外面吃饭。吃完饭，牟颖提议去外滩散步。他们坐地铁到南京西路，又步行到外滩。天色已晚，江面上不见水鸟，只有黑水承托着疲惫的游轮。他们有一搭没一搭地说话。

"我还是第一次和人在外滩约会。"艾兰说。

"我也是，长那么大，连黄浦江上的游轮都没坐过。"牟颖说。

"那坐过船吗？"艾兰问。

"坐过，坐船到舟山。"牟颖说。

"上海能直接坐船到舟山？"艾兰问。

"当然，从吴淞码头坐船到沈家门，然后再买票去更远的小岛。"牟颖说。

夜深了，浦东的写字楼熄灯了。天空与水的界限正在消失，化为一物。艾兰盯着黑成一片的前方，突然说："你知道我结过婚吧？"

"听别的朋友提起过。"

"但你不知道我为什么离婚。"

"无非是第三者，不然，就是观念问题。"

艾兰笑着摇头。"我老公是个贼。"

"哪种意义上的贼？"

"他偷东西。心理问题，不偷不行。"她又补充，"他家里条件还不错,并不是因为穷。"

"都偷些什么呢?"

"什么都偷,小到五金店的螺丝钉,大到公司里的咖啡机,没有不偷的。有时候还要我帮他打下手。一次,他去苹果店里偷电脑,装到了我的购物袋里。但我太紧张了,被保安盯上,当场被抓。因为赃物在我这里,他让我顶罪。我答应了,不过监控骗不了人。上个月宣判,判了十个月。当时我们已经在看守所待了十个月,所以就当庭释放了。"

牟颖闻后沉默许久。

"被吓到了?"

"没有,只是没想到。听上去像是一个关于爱情的警世寓言。"

艾兰笑了,她说:"可不是吗,还挺有教育意义的。出去那天,我们徘徊在看守所门口,等家人来接,谁都没有和对方说话。我回父母家住,不久就收到他寄来的包裹,里面全都是我的东西。"

"就这样分开了?"

艾兰淡淡地回答:"是啊,曾经是夫妻、是共犯,现在却变成陌路人。"

"以后有什么打算?"

"丢了工作,还不知道怎么办。"

"如果想住回来的话，随时都可以。"

"对不起，把你那儿当避难所了。避难所，都是暂时的。"

牟颖突然有点佩服艾兰的勇气，好像从她身上获得了一种平静的力量。"是我该说对不起。"他说。那晚，他们都累了，没有做爱就睡去。春夜还寒，猫也待了一夜。第二天早上，艾兰发现猫死在那张专属的坐垫上，食盆里的烤鸡胸肉吃掉了一半。"猫好像是选择了你，而不是我。"牟颖对艾兰说。他们一起将它火化，悄悄埋在那棵被它抓得伤痕累累的桂花树下，用泥土和野草覆盖。此后，他们没有再见过面。

母亲终于来了，风尘仆仆，还没有放好行李就直接奔到医院。在病房里，她帮弟弟削苹果，剥橘子，努力和其他病友聊天。她从不说弟弟病了，要讲他就是内向。她也从不谈及自己的疏忽，要讲自己含辛茹苦，拉扯两个孩子长大。那天费希一直含着某种微笑，表现得温顺、平和，并不反驳姐姐的话。姐姐离开前，他鼓起勇气，说想回去住几天。费燕斌愣了一下，又恍然大悟地"哦"了一声，算是答应了。

回家歇了一夜，妈妈就开始做清洁，一上午都穿梭于厨房和厕所之间。下午，又把所有被子抱出来，洗啊，晒啊,忙得腾不出嘴说话。牟颖一直在等她宣布什么,以前也是这样。千禧年后,辉煌一时的纱厂倒了。下岗后,妈妈经朋友介绍开始卖保险,她本就能说会道,肯吃苦,运气也不错,才三五年就上了轨道,存下一笔钱,本来要换房子,改善居住条件。但就在那时父亲和单位里一个离异的女人有了外遇。风声早就传到母亲耳朵里,连牟颖都知道了,父亲却浑然不觉。他和情人在公园里夜会的时候有人报警把他们抓了,说他们在公共场合搞淫秽色情活动,两人在派出所待了一夜才把事情讲清楚。

母亲把父亲从派出所接出来后,也像这样做了一整天家务,到了晚上,忽然把一家人叫到饭桌前,给每个人沏了茶,郑重宣布:牟伯明在外面有了女人。为了你们,我们暂时不会离婚。以后一切就像从前一样的。直到现在,牟颖都无法忘掉父亲当时震惊又痛苦的表情,一切怎么还会和从前一样呢?这是母亲对他们的惩罚。

后来事情在单位里传开,女的待不下去辞职了,父亲也逐渐被边缘化。大家都怀疑是母亲报的警,但她从未承认过。换房的事情也一直拖延到现在,无人提及。这些年,父亲除了上班,几乎把所有的时间都花在钓鱼上。他被晒得面目全非,人也更沉默了。去年,父亲在一次夜钓中突发脑溢血去世。每当母亲谈及父亲的死,总会象征性地沉默半分钟,然后面如死灰地说:"钓鱼死掉的还少吗？前年我们单位里有人鱼竿甩到高压线，当场就死了。我听别人讲，老牟出事前，那片鱼塘里有人钓到过死鱼的。钓到死鱼是凶兆呀，水底下的鬼在给钩子上挂鱼。我叫他晚上千万不好再去了，他偏要去。钓鱼死掉，怎么想得出来？"这套说辞她已在亲友面前表演了千百次，每一次都全情投入，潸然泪下。其实，他们早就不再呼唤对方的名字，怎么还会谈论彼此的生活呢？她根本不了解父亲。

牟颖记得父亲说，渔者，永不空军，哪怕一条鱼都钓不到，也要顺走点什么，一棵白菜也好。出事那天，他独自在凌晨步行到一个陌生的野钓点，那里离他常去的鱼塘足有两公里，一定是钓不到什么鱼，才会改变线路。父亲的梦想是钓到乌青王，据说它们能长到成年男子那么大，一旦上钩，就会拼命向深水处游去。由于体型巨大，鱼线常被扯断，即便经验老到的渔者遇到这种情况也毫无办法。父亲水性极好，年轻时在奔腾的水库和湍急的长江里游过泳。如果那晚他钓到了乌青王，会放手吗？他一定钓到了大鱼，大到鱼竿都被拉进河里。他一定会跃入水中，全力与大鱼搏斗。这个画面在牟颖脑中挥之不去。

终于，母亲停了下来。"你出来，我有话要讲。"

牟颖放下手里的工作，坐到客厅的餐桌前，母亲已经提前为他沏好茶。

"怎么了?"他问。

母亲嘬了口茶说:"你舅舅是不会好了。"

"可他现在恢复得蛮好的。"

"医生都和我讲的,不会好了。他自杀过,你晓得吗?"

"我怎么会晓得。你都不晓得,你是他亲姐姐。"

"以前,他是未成年,我相当于监护人。现在他大了,自己得了这个病,我们也帮不了他。"

"什么意思?"

"我不同意他回来住,你去和他讲。"

见儿子不出声,费燕斌缓和了语气说:"你也知道,他这个病很危险的。现在,我有老头子要照顾,不可能回来的。你也不要管太多,他那边,下一季度的房租我出。"

"可你明明答应他了。"

"我是哄哄他呀,你也知道那种情况。"

"你太冷血了。要不是爸爸,你都不会去接他回来吧?"

费燕斌气得用杯底敲击桌子,茶水溅得到处都是。她拔高了声音说:"你不要用那些话绑架我,我有自己的生活的!"她的声音刺耳、尖锐,带着哭腔。牟颖知道,她是替自己委屈。

　　这一次牟颖不再谅解母亲，他要替那个沉默的人说话，用尽全身力气向她咆哮，用最恶毒的语言攻击她，控诉她的自私和冷漠。他听不见自己的声音，他要把所有的疲惫和绝望都向她倾倒出去。她哭了，因为她躲不了，逃不掉了，那是她该受的。

　　费燕斌连夜买了动车票回到了苏州。那晚，牟颖忽然觉得，他不该让母亲离开的，本来他们已经说好要一起接费希出院。他们都带着要求和恨意行事，却声称是出于爱，这让他感到难过。难道母亲就不能逃离吗？

　　一周后，费希出院了。他理了新发型，看上去很精神，他觉得自己都好了。牟颖自作主张把舅舅接到家里。费希并没有问及他突然离去的姐姐，想必已经猜到些端倪。那天，他们请韦祎和阿黛一起到家里来吃饭。大家紧密地围坐一桌，吃饭、交谈。费希表现得很热情，话也多起来。他说阿黛比他早半个月出院，最近还要在600号画廊办画展。

　　"展出的都是病患的作品，不是我个人的。"阿黛说。

　　"600号画廊在哪里？"牟颖问。

　　"就在宛平南路600号。如果你们要来看，就到日间康复中心，那里有一条明亮的走廊，就在那里。"阿黛说。

费希补充:"阿黛的画最好,艺术水平很高的。不过她更擅长天文学,是那方面的专家。"

"你是学天文的?"韦祎问阿黛。

"天体物理。"阿黛回答。

"主要都研究些什么?"韦祎又问。

"我对宇宙学比较有兴趣,你们可以理解为对宇宙整体的研究,也探讨人类在宇宙中的地位。"

"那我们对宇宙来说意味着什么呢?"牟颖认真地问。

正在夹菜的阿黛放下了筷子,很慢地说:"这个我还没有想明白,也许一辈子都想不明白。"

"研究一辈子都想不明白的事对你又意味着什么呢?"牟颖继续问。

"就像是中了彩票。刮开一看,安慰奖。"阿黛说得很慢,但很清晰,"是一种安慰。"

众人都笑了。唯有费希不说话,把头偏向一边,好像在回避着什么。吃完饭,大家围在客厅沙发里休息,牟颖打开电视,但电视节目乏善可陈,只能不停换台。费希突然问起那只狮子猫:"这次回来没见到它。"

"去世了,埋在桂花树下了。"牟颖说,换台的频闪在他脸上跳跃。

"算起来,有十五六岁了。姐夫很宠它的。记得有一次来吃饭,走到楼下,看到姐夫在用手电筒和它玩。"费希说。

"什么时候的事？"牟颖问。

"也有三四年了，一个除夕夜，姐夫把手电筒的光照到墙上，吸引猫的注意力，然后突然关掉，打开，关掉，打开，关掉，打开……猫就在旁边看着，我也在旁边看着。过了蛮长时间，他才看到我来了，手电筒一关，连忙招呼我进屋。猫一闪，不见了。"

然后费希又讲起很久远的事，说他对青滨的记忆已经淡了，什么都要讲"大约"，没有什么确定的事。"那件事记得不大清楚了，大约，爸爸喝酒误事丢了工作。我长了虫牙，晚上疼得厉害，妈妈急了，就去帮我买药。爸爸听到哭声，说拔掉就好，大约就拔掉了。"

大家都认真听着，但又隐隐希望他不要再说下去。

"那把榔头平时是用来驱鱼入网的，往船舷上用力敲击，咚咚咚，鱼就哗啦啦全部游进来。妈妈是趁他睡着以后动手的，四击，每一下都击中要害部位。妈妈平时胆子很小的，只剪过墨鱼仔和虾头，杀鸡、杀羊都不敢。她被收押的那段时间，我就一直住在亲戚家里，他们没有小孩，本想收养我，但青滨生源不足，所有的学校都停办了，没办法供我读书，长大还是要去渔场上班。我写信告诉妈妈，我还想读书。妈妈回信说，姐姐会来接你的。后来你们真的来了……我觉得很幸福。"

费希不合时宜地笑着,没有再说下去。

半年后,费希第二次入院,母亲也暂时搬回来住,表现出和以往截然不同的柔情。牟颖忽然意识到,她老了。不巧的是,那段时间,陈老先生病情也加重了,脾气变得古怪,到处藏钱,有时还动手打保姆。母亲两头奔波,她说人生就是不断掉下去。不断坠落,无法痊愈。

费希的情况又变化,他不再说话,好像真的不在这儿了。有出版社通过韦祎联系上牟颖,说是要出版他的作品,谁都没有想到,他的病居然为他换来一波热度。牟颖告诉他们,费希不再创作了,完全失去了创作能力。对方却说,不管什么,只要是字,就能出版。牟颖有点生气,既然无人在意他写了什么,出版还有什么意义?但他还是拜托韦祎,整理了一些存留的稿件发送过去。

母亲突发奇想,买下一只昂贵的樱桃木的书柜。拆卸旧书柜时,一个牛皮纸文件袋掉了下来,砸中她的头,捡起来一看,文件袋封面写着:费希。是他的手记。

扉页上写着:

我们需要的是那种读完后能让人感到犹如遭到一种不幸的书,这种不幸要能使我们非常痛苦,就像一个我们爱他胜过爱自己的人死了一样,就像我们被驱赶到大森林里一样，远离所有人一样，就像自杀一样。

——卡夫卡写给波拉克的信

牟颖拿到手记，还以为是《第四人称》的稿子，仔细翻看才知道，不过是溃不成句的呓语。舅舅小时候拿过作文奖，现在他的获奖照片还保存在相簿中。彼时费希刚读小学三年级，酷爱阅读。但学校的阅览室仅一间厕所大小，大部分书都是城市里的孩子捐赠的，费希在那里读不到什么好书。那学期来了一位新的语文老师，常把自己的书借给他看，还把他的作文送去参赛。但那位老师仅半个学期就调走了，青滨不会有人留下。几乎没有人读完初中还会升入高中，费希是其中的幸运儿。大学期间他顺利发表过一些小说和诗歌，毕业后，他笔耕不辍，用三年时间创作出一部长篇小说，寄给几家出版社却均遭到退稿。

他又把自己的作品寄给了韦祎，韦祎又把稿子推荐给她的导师，期待他能推荐给出版社。但是费希等来的却是一段让人沮丧的评述："我，哲学教师学衔获得者，中文系高师的毕业生，诚实地告知您，这充其量只能算是一堆文学材料。所以，我只能负责地告诉您，我不能推荐给出版社。"后来费希用所有的积蓄自费出版了这本书，摆摊卖书，一共卖出去二十本，城管取缔摊位，没收了其余的二十九本。他好不容易抢救下一本，但好多年也下落不明了。

手记里夹着一张剪报，是一篇微型小说，不完整，标题部分被剪去，留下的文本记录了一段缥缈的海上探险。署名着实奇怪，是个外国名字：华莱士·黑斯廷斯，而译者正是费希。牟颖不解，打电话给费希，他却云里雾里，说不出个所以然。只好求助韦祎。她和费希曾在同一家报社供职。报业式微，失业后，她成了全职太太，平时也写散稿赚点生活费。他们约在永嘉路的一家咖啡馆见面，那里离她女儿的小学不远。聊完，她方便去接女儿。

牟颖把手记给韦祎看，特别翻到剪报那一页。"这个华莱士·黑斯廷斯是谁？"

韦祎仔细翻看后说："没想到他还留着这个。你应该不知道，他为什么不写小说了吧？"

"没听他说起过。"

"自从出版社拒稿后，他开始翻译一个英国人的作品，那个作者的名字就是华莱士·黑斯廷斯。几家报社刊发了小说，反响不错。写的都是一些幻想小说，有关岛屿、海洋和捕鱼的。"

"他不懂英文的。"

"问题就在这里。一开始刊发作品的都是些小报,编校工作很随意的。后来被选刊转载,编辑在核对稿件的时候发现,世界上根本没有一个叫华莱士·黑斯廷斯的作者。"

牟颖露出费解的表情。韦祎继续解释:"也就是说,费希编造了一个人物。"

"他为什么要这样做呢?"

"那时大家都觉得他是出于虚荣。但我觉得不是那样,小说并未涉及抄袭,即便不是翻译的,用自己的名字也能发表。那个时候的作者,发表也简单些。也不可能是为了钱,千字一百,三百,属于好的。干点什么不好呢?"

"是啊,干点什么不好呢。"

"可想而知,后来他就进了黑名单了。没有人再刊发他的作品。"

韦祎继续翻看手记,发现剪报没有粘牢,撩开来,页面上还有一段文字:文字在翻译中并没有被过滤,它们进行了一段漫长的旅行,变成了新的语言。它们一定与内心的声音有关,那些声音是由"存在"与"不存在"组合而成的,恰好可以弥补叙事者不在场或已经消亡的情况。这就是第四人称?不,只是某种痕迹。它本身是什么,无从得见,只能在它的影子下行走,只能听到回声，见到涟漪，猜想它的形象。

　　就在那天晚上，回光返照似的，费希突然打来电话，告诉外甥《第四人称》已经写完了。午睡时，他做了一个梦。他正与友人在悠长的隧道中散步，很快就要走出去了，昏暗的尽头是湖泊，以及一个盛大的夏日。他们自然地聊起生活，都是些琐碎的事，晚饭吃些什么或今后的打算。周围很安静，再也没有其他声音，他完全好了。他很想看一看身边的友人是谁，那么熟悉、亲切，名字就在嘴边，却怎么也叫不出。醒来后他无比失落，因为他发现，友人不过是小说中虚构的人物。

　　夜深了，窗已紧闭，猫不会再来。门和书柜被替换了，可以预见这房子也总有一天会被卖掉，换掉，没有什么能留下来。牟颖忽然想起舅舅说起过一篇小说，好像是托尔斯泰写的，结尾令人印象深刻，主人公在临死前听到有人说：完了。于是他在心中把这句话重复了一遍。

　　"完了——死，"他对自己说，"再也没有死了。"

　　费希面对的，大约是一种深刻的荡然无存，是比死更令人费解的东西。

　　当我说我不存在的时候，我，已经存在了。所有的人都共用一个名字，所有的事都发生在同一天。

一开始,我就对我尚不存在的世界很有兴趣。比如这间屋子,在我还未降生的时候就已经被建好了。我为那些比我年长的桌子、椅子、床和茶杯取了名字。多是一些简单的叠词,一听就知道它们是谁。软软,厚厚,薄薄,大大,小小。

我喜欢看母亲的照片,少女时期的。哦,我在哪里呢?妈妈说,我自己都还是个小孩呢。你就更不知道在哪里了。那你想过我吗?这是孩子的问题。既然还不存在,又何来想念?想过,妈妈肯定地回答。我知道那是真的。在我还没有降生的时候,想念就已经存在了。

岛屿被白茅草丛和黑松林覆盖。除此之外,以小乔木居多。海桐,滨柃,柃木,日本野桐,家门口的院子里有几棵杨梅树,树不高,也不需要额外施肥,到了夏天,自然就结实在的果实。在那棵树下面,我做过甜蜜的梦。青色的果实上,点染了血色。我回忆去年杨梅的味道,梦到自己是杨梅树的孩子,化成了青涩的果子。忽然飞来一只伯劳,要啄我。我曾见到伯劳把吃了一半的麻雀插到树枝上,当我经过那棵树下,麻雀的头就掉了下来。我怕得瑟瑟发抖,忽然就醒了。

每当害怕的时候,就醒来,梦不会让我一直害怕下去。我听到有人在喊我的名字。费希,费希。多年以后,我学习了英文,才发现我的名字和英语的 fish 一词读音很像，fish，fish。原来我是一只鱼。我醒了，四下环顾，人踪俱灭。原来是井口放了空水桶，风吹过来的时候发出了响声。

那些夏天青滨岛被墨鱼包围，全岛的妇女儿童都坐在海滩边加工墨鱼，渔船就在目力所及处布网。课余时间我会加工虾、墨鱼和螃蟹赚些零钱，然后坐船到东极镇上买零食吃。但每一次剪下虾头，还是要做一番心理斗争，虾死前眼睛咕溜溜转，好像要认清楚我的模样。

对于七八岁的孩童来说，岛上的贫瘠和乏味像宇宙一样无穷尽。为了躲避父亲的暴力，我常逃到舅公家里。那是一个自行车库改建的房子，大约十平米，只摆了一张柜子，一张桌子，一只电饭煲，一张床。外面看，像一只沤烂的火柴盒。汤阿山的番茄能长三米高，没有人知道是怎么种出来的。好像他家的月亮都比别家的大一点。他讲话时常溃不成句，但依然好听。他讲月亮很大很大，是从小茅屋的墙角边升上来的，那一面是海，被一些海桐树挡住，月升的时候，矮树林像是泡在月光的热汤里。是冰的，不是热的。舅公说，那是一块发光的冰。

我最喜欢听汤阿山讲里斯本丸号的故事。但我无法复述，他当时到底说了什么，早就记不得了，后来查阅了历史资料，才将故事补齐。虚构并不是从事物消逝之后才开始的。

1942年秋，一艘日本货轮里斯本丸在东极岛附近被美军鱼雷击沉，船上押载的千余名英军战俘纷纷跳海。那时汤阿山恰好在附近海域捕鱼，船上的渔民们都听到了鱼雷的巨响。汤阿山一行人没有犹豫，乘上舢板出发去救人。当他们来到事发海域时，看到冰冷的海面上漂浮着密密麻麻的尸体和货物。不远处，四名幸存者紧紧抱住一块浮木，瑟瑟发抖，魂不附体。汤阿山划着舢板靠近，向他们伸手比了个"三"，他的船最多只能再坐三个人，当第四个人试图上船的时候，他摆了摆手。那个人就放开了船舷。

虽然附近渔民奋力营救，但由于风浪太大，仍有不少英军葬身大海。舅公将三名英军带回青滨，那次出海颗粒无收。大多数时候，汤阿山拼尽全力才能养活家人。但他还是打开粮仓，请英军吃饭，甚至让他们吃上了风干的猪肉末，那是他们过年才能吃的。为什么对他们那么好？我问。舅公说不上来。

沉船后的第二天，几架日本战机在附近海域投下大量炸弹，随后，日本军舰迅速包围了青滨。数百名日军登岛后，挨家挨户搜查，将抓到的英军一律枪决。三个英军白天藏匿在小孩洞，晚上睡在汤阿山家里。这个洞，藏在青滨岛东北角悬崖下方，直到今日我们依然叫它小孩洞，顾名思义，小孩子常到那个洞里去玩。几天后，日军终于结束了对东极岛附近海域的搜寻。三名英军联系到国民政府后一路向南,抵达大陆,取道重庆返英,向西方世界讲述了他们的经历。欧洲战场尘埃落定后,英国大使馆向国民政府赠送了慰问金和渔船,以表示对当年那些善良渔民的感谢。但时局变化,英方所赠财物不知所踪。

虽然汤阿山不厌其烦地讲述着这段回忆,但他并未得到任何回应。我喜欢去小孩洞看月升,月光是梯形的。那时老师送了我一本卡尔维诺的书,其中有一篇小说叫《月亮的距离》,开头引自达尔文的一个猜想:从前月亮离地球很近,是海潮一点一点把它推向远方的。卡尔维诺说,那时候,月亮就在我们头顶上,奇大无比,望月时,夜光如昼,那是一种奶油色的光,巨大的月球似乎要把我们压倒碾碎。满月之夜,月亮只差一点点就要被海水浸泡湿了,大概也就几米的距离。于是小说中的人就可以划船到月地距离最近的地方去,架一个梯子,爬到月亮上开采月乳。卡尔维诺把这个近地点称为"金礁湾"。

这天大潮退去,小孩洞的岩壁上缠绕着海草,原来海水曾经涨得那么高。这里不正是金礁湾吗?停泊在海岸的船尸鬼魅地浮起,进行了最后的航行,月亮又升起来了,但我发现它并不是从小茅屋后面升起的,而是从另一个无人知晓的地方。我把它们写了下来，所有的词语和句子都是漂浮的，并不在它们所应该在的地方。但那一刻我相信，我就是卡尔维诺。

我摸了摸上排的牙齿，缺牙回来了，或者它尚未被拔去。妈妈说，舅公不行了。人会在意死后的世界吗？只要一想到以后的世界再也和舅公无关，我就忍不住害怕。我拼命地奔跑，火柴盒变得更潮湿了，软绵绵塌了下来，覆盖在舅公身上。生命中的绝大多数事情他都不记得了，里斯本丸号的故事也变得支离破碎。他要费尽力气才能说清楚一件事。

他说，出海了。涟泗洋面风暴突起，他的围船和捕船失散。但在驶向嵊山的路上，两艘船又相遇了，然后一起开到青滨。

无穷洞

早已过了立春,还没有回暖的迹象。不过这几天,水气充沛起来,清晨的地面上浮着一层薄雾,远处的行人被隐去了双腿,腾空而行。栖居在附近的三花猫不知从什么高处落下,跃入绿化带中柔软、湿润的麦冬上,然后又很快飞身跳到一楼住户的窗台上,伸着脖子,朝空气中嗅着什么。这只三花猫曾经是附近最漂亮的一只,去年哺育幼猫期间,不知被什么动物袭击,被撕去了右耳,血淋淋地熬了一阵,又得了严重的口疮,有好心的邻居领养了它的孩子,还想带它去看医生,但受伤后的三花应激严重,龇着牙喷人,根本无法靠近。明明见它作孽相,就在猫粮里拌了点消炎药,最近,它的口疮好了,伤口也快长好了。

语冰伸着脖子,学起三花猫。"妈妈,是什么味道呀?"

"大概是雾。"明明从大衣口袋摸出车钥匙,给车解锁。

"湿湿的,像小河。不过雾更甜,像棒冰。小河有时候臭臭的,癞蛤蟆会在里面大便。"

呼啦啦吹来一阵风,刮落许多绯红的香樟老叶,有几片劈头盖脸打到了母女的头发和外套上,明明用手去掸,语冰却说,妈妈你学我的样子。只见她小鹿般蹦了几下,身上的樟树叶随之抖落,在地面发出脆脆的声响。明明笑了,她说,这也是和小猫学的?是啊,小猫教了我很多,语冰回答。明明又摸了摸女儿的小脸,催促她上车。

等红灯时,明明从后视镜里看到了语冰睡眼惺忪的模样,便提醒她,尖叫屋快到了,语冰的眼睛瞬间亮起来,探头往车窗外望去。虽从家里到幼儿园的路程不到两公里,但早高峰时段总堵车,往往要开二十多分钟才能到达。沿途除了一片待开发的荒地,看不到任何风景,唯独草堆里一栋孤零零伫立的小破屋别有趣味,它的墙体掉落一半,露出一间卧室的一角,是谁在里面生活过,又为什么抛弃了它?这是母女常会探讨的问题。去年,语冰欣喜地发现,小破屋的窗户里长出了一棵饱食青光翠色的小树。她想象小破屋就是《哈利·波特》里的尖叫屋,并坚信那棵伸展出来的小树是一棵柳树,以后会长成一棵厉害的打人柳。

语冰用手抹了抹车窗上的水雾，失望地说道："妈妈，尖叫屋不见了。"明明朝车外一瞥，小破屋被隐匿在一片平流雾中，不见真身。"是被雾挡住了。"明明说。"也不知道打人柳怎么样了，冬天那么冷，不知道它活下来没有。"女儿的话让明明吃了一惊，就在最近，语冰开始说"死"了，开始慢慢理解万事万物都有一个终点。"等天气好了，我们一起去看看它吧。"明明说。"好。"语冰又打起了精神。

送完女儿，明明回到家中，就去阳台上摆弄花草。她养了三盆月季、两株山茶花。月季已经发出茁壮的芽点，她给其中的两株换了更大的盆。红色山茶花率先开了两朵，花苞孕育了小半年，花期只有两三天。前几天，她将先开花的两枝剪下来插瓶观赏，第二天就听到咚一声，花头整个掉下来，没想到一点败落之相都还没有就凋谢了，竟有种恐怖的美感。她默默希望白色那株晚一点儿再开，不要那么迅疾地绽放、来不及死去。正发着呆，口袋里的手机响了一声。许久没有联络的张秉爱发来了消息：明明，好久没联系了。

张秉爱，明明缓缓吐出这三个字，有种近在咫尺又触不可及的感觉。上次与秉爱交谈，已经是多年前的事了，那时她刚生下语冰，突发奇想购买了一款基因检测软件，寄出自己的唾液样本后，很快收到了检测结果。

打开寻亲功能,赫然看到一个熟悉的名字:张秉爱——应该就是她吧,大概因为急于找到近亲,就写了自己的本名。基因宝推测她们在120—200年前的晚清年间,曾有一位共同的祖先。她会心一笑,把这个发现告诉了秉爱,果然就是她本人。她们都感叹缘分如此奇妙,在云上寻亲,却回到了原点。

张秉爱是母亲那边的亲戚,因为关系太远,实在说不清是哪门子亲戚,兴许在婚丧嫁娶的场合玩过几次,但彼此并不相熟。明明的母亲去世后,她们几乎再也没有生活上的交集。明明还记得,张秉爱的家人叫她爱郎,瀛岛人喜欢在孩子的小名后面加一个"郎"字,代表一种爱称。而明明并没有享受过这样的待遇,明明?数学应用题里的明明从来都是个傻孩子,总是把鸡和兔子放在一个笼子里,买东西从来不知道给多少钱,连爸爸妈妈的年纪都讲不清。明明看了几本书、明明买了多少水果、明明跑了多少米……所有涉及明明的故事,好像都是为了计算出一个结果,而这恰恰是她最不擅长的科目。

秉爱的爸爸是县里文化馆的馆长,妈妈是中学里的舞蹈老师,会跳民族舞和现代舞。记忆里的秉爱喜欢穿着成套的名牌运动衣,灰色,或者白色。皮肤是雪白的,眼睛细长,鼻梁上有一颗浅棕色的痣,像没有擦干净的豆沙印子。秉爱从小就是发量王者，她留着时兴的蘑菇头，因发质粗壮不顺贴，总是翘着一边。明明有时纳闷，那么小的一个头，怎么会长出那么多头发？想必这片土地是肥沃的，生机勃勃的。而她的头发，因缺乏营养，显出稀疏而干枯的样子，她的手上还长着很厚的冻疮，外婆会给她抹一种药水，黏糊糊的，像恶心的璞，还有一股难闻的味道。到了冬天，只能缩着手不让人看见。

明明想起，曾有那么一刻，她渴望靠近秉爱，又害怕她发现自己的粗陋。她有些慌张，有些喜悦，连忙编辑了一条消息："是啊，真的好久了，你还好吗？"还没来得及发出去，又收到了秉爱的另一条消息。

"那棵老树死了。不知道为什么第一个就告诉你，总觉得你和我一样，也一直关心着它。"

明明有点不可置信，忙删除刚才编辑的文字，转而回复道："是不是不长叶子了？也许过一阵子，又会长出新芽来了，树都是这样的。"

"最近我正好在岛上，看到工人开始给它涂防腐材料，在旁边种上攀援植物。一问才知，这是当遗骸处理了。就是，死了。"秉爱如是回答。

世界上的老树有很多，但瀛岛人口中的老树只此一棵。它就生长在江边一所县级医院里，瀛岛的孩子大部分在那里出生。它树冠巨大，独木成林，春天落子时，黑瞳般的果实滚落一地，在人们的脚底下爆浆，地面也被染成一片黑紫色，弥漫着一股香樟籽独有的青涩味道。

明明努力回忆老树的样子，很奇怪，脑中并没有完整的形象，或许是因为它的树冠太大，贯穿门诊大楼和住院部之间的小花园，无法一览全貌。香樟四季不见败象，总是一副生机勃勃的样子，好像是永生不死的。小时候，去医院看病打针，为缓解明明的焦虑，妈妈就会带她去看老树，枝叶随风摇晃，发出温柔好听的声音，感觉头皮那里麻麻的，很舒服，她也因此平静下来，针头扎进皮肤里也没那么疼了。

许多年以后，明明进入电视台工作，成了一名新闻记者。有一天也是如此，张秉爱突然打来电话，告知她瀛岛的老树被人环切了。明明不明所以，张秉爱解释，就是在树干上割掉一圈树皮，阻断了树根往上输送养分的渠道，久而久之，树就死了，是个精神病人干的，也无法追究责任，出于何种目的，不得而知。张秉爱知道明明有一些媒体资源，故想请她报道此事，扩大些影响，从而能找一些专家救治古树。明明得知这一消息后，心痛不已，那种感受不亚于失去了一位长辈。

在明明的努力推进之下，报道进展顺利，可惜作为联络人的秉爱因故并未到场。明明和摄像在派出所看到了作案现场的监控录像，让人意想不到的是，画面中杀树人的作案工具竟是一把很小的美工刀。明明不解，更无法相信这种削铅笔的刀具能杀死一棵参天古树，负责播放监控的民警对她说，铅笔不就是树做的吗，用美工刀削树皮才快。树这么大，要割多久？明明问民警。一整夜，民警回答。杀人见多了，杀树他头一次见。他又补充。

　　后来，他们与古树名木专家一同去看老树，经现场测量，老树的伤口仅二十公分宽，在数层楼高的参天古树身上，完全可以忽略不计，但切口环绕主干一圈，几乎完全阻断根部营养输送。专家抚摸着老树身上白色的切口，摇了摇头说，不给留活路啊。至此，明明才开始了解老树的历史，它已经有500多年树龄，而瀛岛是长江口长出的一个沙洲，至多不过千年历史。其间，明代的一次水灾吞噬了岛上的一半人，但老树幸存了下来。那棵老树，差不多见证了岛屿大半的历史。樟树抗海风，耐盐雾，是非常珍贵的沿海山地及滨海庭院观赏树种，几乎是为岛屿而生的。明明仰头凝望樟树，它的树冠依然丰茂无边，她惊奇地发现，老树的树枝还盘踞着各种苔藓类、蕨类植物，在它脚下的土壤里，居然还长着菌子和木耳。虽然专家和有关部门会尽力救治老树，但实际的情况却不容乐观。人死了就是死了，但树的生死，一时半会儿是看不出来的。它们的时间刻度与人类不同。

如今又过去了许多年，那棵不可攀爬之树，那棵照拂着岛屿的老树，真的死了吗？她还是无法相信，夺走了全岛一半人生命的巨浪没有杀死它，一把美工刀却杀死了它。

明明不可避免地想起了母亲，母亲生病那段时间，她常往医院跑。难过的时候，她会停下来看看老树，她发现老树周身也长了不少肿瘤似的凸起物，问了大人才知道，那是树木受伤后的愈伤组织。树有自愈功能，小毛小病，并不打紧，几乎不需要看医生。如果妈妈是一棵树就好了，她忍不住这么想。做完手术后，妈妈告诉她，医生切掉了一些生病的部分。切掉了多少？明明担心地问。妈妈只是笑着摸了摸肚子说，这里空空的。

一整个上午，明明都陷在一种悲伤的情绪中，她下意识摸了摸自己的腹部，感觉其中空空如也。直到下午，繁忙的家务冲淡了这些心事，到了晚上，几乎已经忘了关于老树的事了。

做饭、吃饭、洗碗、辅导语冰学算数、写汉字，之后全家人依次洗澡，大概晚上九点半，哄完语冰睡觉，明明和志其才拥有自己的时间。通常他们会各自看会儿书，然后聊聊天，但这天，志其因为工作劳累早早入睡，明明却没有睡意，她又想到了老树、岛屿和母亲。打开手机，看到一条未读的微信，依然是秉爱发来的。

你还记得我们是怎么认识的吗？

——好像是一个百岁老奶奶去世了，一起吃豆腐饭，然后碰见了。

还记得无穷洞吗？

——你一说好像有点印象了。

如果说人生是漫漫旅途，秉爱就像火车站点上偶尔会见到的朋友。她们的生活从未真正重合，但却会神奇地在某些重要的节点相遇。这种想法不断敲击着明明，将她推入一段尘封已久的往事中。那天明明和秉爱坐一桌。有个脸生的亲戚提起了秉爱的弟弟。她的弟弟已经三岁，但没有到场。明明有所耳闻，秉爱的弟弟智力有问题，还伴随着癫痫，发病的时候很吓人。那个讨厌的亲戚不断向秉爱询问她弟弟的事，好像在强迫她陈述自己的不幸。原本骄傲的秉爱被戳中了痛处，一直低着头，不断地往嘴里扒白米饭。

"不知道你小小一个人，哪里来的勇气。我到现在都记得，你对那个人说，不要说人坏话，不然就要掉到无穷洞里淹死。"

"我竟说过这些？"

秉爱口中的那个人，听起来很陌生，好像根本不是自己。

"那人不信，你还信誓旦旦说了很多细节。"

"有点想起来了,好像是外婆告诉我的故事。"

"你说只要找到无穷洞,向它许愿,就会实现。"

"那是瞎说的。"

"是编的?"

"也不全都是编的,我外婆小时候亲眼见过的。"

秉爱没有再回复。入睡前,那些关于无穷洞的回忆又重新赋形。无穷洞实则是一个无底大水潭,遇到大旱年份,哪怕所有的沟壑干涸,东海龙王照样保障大潭供水。瀛岛到处沟底朝天,只有无穷洞的水满满的,因此它也得了个救命水的诨名,听上去就是个传说而已,但外婆却说,无穷洞确有其事,朝着西界老宅的方向一直走,一直走,就到了。据说里面的鱼虾都是龙王麾下小兵,不是神就是仙,谁解馋去捉,非病即死。外婆记得儿时曾有水牛跌落,尸骨无存。据说以前的村民试着在无穷洞里养鱼,可到了年底干潭捕鱼,用了十几部水车连续抽水十天十夜,完全不见水位降低,最后只能用网捕,捕到一只鳖,竟比二尺锅盖还大。有个小孩抱着捕到的鲢鱼,连摔了好几跤。明明曾对这个故事深信不疑,但按照外婆指的方向走,却从未找到过那样一个水潭,而那些神异,大概率也是乱编的。

"秉爱,我想起无穷洞了。"次日,明明发消息给秉爱,她却许久没有回复,直到下午,明明去接语冰放学时，秉爱才发来消息，她没有提起无穷洞。

"明明，还不知道你女儿几岁了，看朋友圈的照片，真是讨人喜欢。"

"五岁了，一转眼，快升大班了。"

"你还不知道吧，我怀孕了。"

"都不知道你已经结婚了。"

"我没有结婚啦。"

明明并没有问下去，她知道秉爱性格一向恣意洒脱，不结婚就有小孩的事情并不新鲜。

"几个月了，会不舒服吗?"

"五个月了。之前孕吐有点厉害。现在还好，吃得下睡得着。"

"心情还好吗?"

"还行吧，没到抑郁那么严重，就是焦虑。"

"有具体焦虑的事吗?"

"好像也没有，就是害怕。害怕未来的事啊。"

"还在工作吗?"她记得秉爱大学毕业之后就开始从事时尚行业，已经是一名资深编辑，经常接触各种明星、模特和知名摄影师。

"请了长假，但并没有辞职。"

"最好不要辞职，不要像我一样。"明明意识到这话有些僭越，输入完又立马删掉。

"我怀孕以后回瀛岛了，你有空，可以来我家住几天，我是说真的。这边房子空着，就我一个人住。"秉爱说。

这番话有点反常，她们之间的关系还没有熟到可以随便到家里做客的地步。况且要开三个小时的车才能到达瀛岛，坐船的话，班次太少了，错过一班又要耗上半天。生育之后，她有点尿失禁的毛病，长途旅行成了一种折磨。上次与志其去扬州扫墓，遇上修路堵车，三个小时没过服务区，膀胱近乎爆炸。她的心里因此罩上了一层阴影，总要事先穿好成人尿布才能兜住这难以启齿的隐症。从此她很少回岛，也很少远行。虽然明明嘴上答应有空一定过去，但她知道，应该是不会去了。

又一天，明明突发奇想，步行至附近的菜店买菜。她惊喜地在摊位上发现了新鲜的雷笋，精心挑选了几根，上面还带着土。以前在电视台做民生新闻版块，经常要跑菜场拍摄素材，关注渔汛和菜价。正因和日常生活隔着距离，才会觉得有趣。当生活只剩下这些琐碎本身，她完全失去兴趣，通常只是在手机软件上下单买菜。前些日子，父亲寄来了一些咸肉，正好做腌笃鲜，于是她又买了猪肋排、香芸笋。她和父亲算不上亲密，但这两年，父亲似乎变得黏人了一些，会经常给她寄些老家的吃食：草头饼、青团、咸菜、腊肉。明明很早离家，吃口却还是像在瀛岛时一样，这一点语冰也随她。

小时候，她常待在外公外婆家。到了春天，外公就去挖笋，做油焖笋。外公还会用竹子给明明做弓箭，她就对着小河射箭，模仿圣斗士星矢，但是箭怎么都无法射过家门前的小河。到了更深更静的夜晚，竹林里常响起一阵可怖的怪叫，像鬼。明明害怕，外公说，别怕，是刚狗。外公只会说瀛岛话，所以明明想象不出"刚狗"的具体形状，便猜是什么未知的小动物。如今想来，说不定是一种鸟，如果问一问志其，说不定知道。结婚以后，志其迷上了观鸟，明明却不太懂，只知道他什么鸟都认识。这个一闪而过的念头很快消弭。被冲进耳朵的日常之声所冲击、溃散。

很快到了晚上，志其拎了一袋鱼回来。

"哪儿来的？"

"湖边钓鱼佬给的。"

"还是活的。"明明张开塑料袋，里面的鱼大大小小，发出可怕的土腥味，鱼瞪大了眼睛，嘴巴还在翕张。"我没杀过鱼。"她把袋子还给志其。

"明天带到爸妈家里去，叫他们杀。"志其拿来一只水盆，接了点水，将鱼放了进去。鱼一改半死不活的样子，很快恢复活力。一锅腌笃鲜，再搭配几样小菜，三口之家饱餐一顿。晚上入睡前，明明给语冰播放《魔戒》

有声书，听了十分钟左右，语冰就睡着了，明明回到房间，志其正在书桌的电脑前，整理这段时间拍摄的鸟类照片。明明钻进被窝，对他说起秉爱邀请她回岛的事。

"秉爱，怎么没有听说过？"志其合上电脑，也回到了床上。

"是一个亲戚。"明明说。

"家里还有很多事呢。"志其说。

虽然已经不打算去了，但听到志其这么说，心里还是有点不高兴。"我已经很久没有一个人出去，也很久没有见朋友了。"

"如果一定要去，就去吧。"

明明依然无法高兴起来，志其的话好像只是为了哄她勉强说出来的。志其看出了妻子的不快，开始转移话题，聊起周末的计划。"我爸要回来了，听说这次包了辆卡车。"

三个月前，公公婆婆因为一些琐事吵架，公公赌气回了扬州江都老家。每次他从扬州回来，都是大阵仗，七七八八，大包小包，不亚于一个小家庭搬家。包卡车回来，明明并不奇怪，只是有点烦心。

"好好的周末，又要浪费了。"志其说道。虽然明明也这么想，但她还是劝道："算了，躲是躲不过去的。你妈怎么样，情绪还稳定吗？"

"目前为止还可以。"

明明的婆婆是个通情达理的人，如果真要挑出些什么毛病，就是秩序感太强，有一套无法撼动的生活哲学理论。她笃信白色的衣服最接近人的皮肤，要是曝着太阳晒，就会发干变黄。所以白色的衣服不仅要阴干，还要反过来挂。到了夜里，她要把所有橱柜的门都打开，才能睡着。她的理由倒也能自圆其说，橱柜都曾经是木头，是树，晚上吸多了二氧化碳，夜里憋在里面就会闷，滋生细菌，所以晚上就要打开门，让它们张大嘴呼吸。她自己就有胸闷的毛病，晚上睡觉从不关门，这样推己及物，也算是有心有德。但婆婆严谨的生活秩序总是被公公无情打乱，他受不了一成不变的生活，需要经常挪动桌子、椅子、柜子，甚至是床。每周婆婆都要适应新的房间格局，明明想象，在过去的几十年中，这一定让她多次崩溃。这三个月，公公不在，婆婆乐得清静，还挺自在。这下公公突然要回来，其实大家都有些心理压力。

这时，婆婆恰好打来电话，志其和她聊了会儿，电话那头突然传来哭声。志其安慰了几句，很快又不耐烦地挂了电话。

"妈怎么了？"

"还不是那些陈年旧事。"

志其说的陈年旧事，是指弟弟的死亡。至其有个弟弟，四岁出车祸去世。婆婆总觉得是志其的奶奶没有看好孩子，酿成悲剧。

　　"又说你奶奶了？"

　　"是啊。奶奶带大我已经很辛苦了。最后累得一身病，死后这么多年，还被人数落。她从来没有想过，奶奶也是我亲人，这么贬损她，我会伤心。"

　　"对了，你奶奶叫什么名字？"

　　"唐爱佳啊，怎么突然问起这个？"

　　"哦，和你一起扫墓的时候看到过这个名字，一下子又忘了，所以问问。奶奶叫唐爱佳，爷爷叫言保华。连名字都感觉是一对。"

　　"奶奶常说，一个家庭，有糖有盐，才能有滋有味。"

　　"不过你看哦，女的就要家庭，男的都是保家卫国，好像约定俗成的。"

　　"你又敏感了。"

　　"对了，奶奶有什么爱好？"

　　"打牌，抽烟，喝可乐。"

　　"哦，你奶奶很时髦呢。"

　　志其笑了，烦闷的心情缓解了些许。他打了个哈欠，背过身，很快就睡着了。明明准备入睡时，秉爱发来消息："你当时请了月嫂吗？"这是孕妇常常会问已育妇女的问题。

"请了，到现在还是非常感谢她。你准备请月嫂吗？"

"还没想好。想叫我爸妈来帮忙，我妈退休了。"

"有些时候，人很脆弱，要请大家一起帮你。如果可以，请个月嫂会好很多。你会有时间休息。对了，我可以把我的月嫂介绍给你。"

"人可靠吗？"

"是瀛岛本地人，我爸介绍的，听说是金牌月嫂，但我没有考证过，孩子带得称手就可以了，她可是我爸当时花了大力气请来的，当时她已经不做月嫂了，在家里养了两只羊，并不愿意出来做事。我爸买了她的羊，才给请过来的。"

"还真是有瀛岛特色。"

"到现在，还是很感谢施阿姨，对待孩子有耐心，精力也好。一边帮我通奶，一边讲她年轻时在日本打工游学，最终成为黑户的故事。"

"听起来是个有意思的人。"

"嗯，她很乐观。也胆大心细，据说她之前照顾的产妇，上大号的时候肛门脱垂，施阿姨二话不说就帮她推了回去。"

"肛门脱垂？"

"生孩子的时候太用力导致的。放心，一般不会这样。妇产科的笑话都是地狱级的。"

明明是故意说这些的,稍微透露个两三分真实情况,让她做好心理准备。她很明白,秉爱就像当初的她,对生育一无所知。像她们这样的女孩子,连鱼都没有杀过,哪里经历过这么血腥的事?要是不做点心理准备,到时候更害怕。当时谁也没有告诉她,原来生小孩下体会撕裂,乳房堵得跟石头一样,肛门居然也会自己掉出来。

如果那段时间没有施阿姨的帮助,她是熬不过来的。月子里,婴儿每隔两个小时哭醒一次,要喝奶。偏偏明明的乳头凹陷,是个瞎奶,婴儿咬不住奶头,饿得直哭,明明也跟着哭。后来只能喂奶粉,施阿姨包揽了晚上的喂奶工作,明明才得以睡整觉。月嫂走了以后,明明大哭一场,从此她没可以依靠的人了。婴儿吮吸能力有限,一次往往要喂十五分钟,喝着奶,很容易睡着,但这时要捶打脚底将她拍醒,不然不到一个小时又要饿哭。喝完奶,还要拍出嗝,防止吐奶。好几次,明明累到半夜迷离,总是梦到带着孩子去找月嫂。找啊找啊,怎么也找不到。不太走运的是,语冰恰恰属于那 20% 的高敏宝宝,婴儿时期几乎要彻夜抱着睡,虽然志其偶尔会搭把手,但大多数时间他都可以以工作为借口,逃避这些责任。

是啊，她怎么能要求一个早起上班的人做这些呢？后来语冰又经历了可怕的厌奶期，几乎一滴奶都不喝，去医院查不出任何毛病，那段日子是怎么熬过来的？奇怪，竟然一点都想不起来了。女人如此健忘，是不是一种人类的进化机制？明明忍不住这么想，如果记性好一点，可能都没人生孩子了。而此刻的语冰那么乖巧，天使一样的睡脸是那么可爱，仿佛那个折磨人的小婴儿并不是她。她的意识从何而来？她怎么就变成了她？她忽然意识到过往的痛楚从来没有被抚平，只是被锁在一个房间里，被她忽视了。

星期六下午，明明一家三口来到了公公婆婆家里，婆婆犯牙疼，打过招呼以后就在房间里睡午觉。语冰像往常一样，在客厅里搭乐高、画画、读绘本，她能安静地待一下午。小夫妻俩则像候场的演员，早早等在楼道口。明明又回想起上次一家人去扬州扫墓的可怕情形，回上海时，僵尸一样的腊肉、酱菜和包子堆了满满一车，一大半都是用来送人的，但其实根本没有人稀罕。婆婆要睡午觉，调整车椅时打翻了酱菜碟子，弄脏了车毯。商务车是志其向上司借的，于是又开到洗车店花了三百元清洗。剩下的旅程中，公婆互相指责，赌气没有吃饭。回到家中，已是深夜，明明估计大家都在心里默默发誓不再一起出行。

虽然做了十足的心理准备,但是当大卡车慢慢挪进路口的时候,还是吃了一惊,车斗里竟然被塞得满满当当,毫无空隙。此刻志其的脸一下拉得老长,似乎已经憋着气了。之前他两次致电父亲,告诉他家里冰箱坏了,还没修好,不让带太多东西,看来他一次也没听进去。司机和公公依次下车。明明把准备好的矿泉水递给司机,又请公公回家休息,去吃婆婆上午就炖好的红枣薏米汤。公公许是真的累了,一头扎进屋里没有再出来。

司机喝着水,不断抱怨着搬货的辛苦和一路舟车劳顿,明明听出了意思,忙叫来志其重新谈价格,果然之前说好的一千二嫌少了,又加了三百才答应一起搬货。卸货的动静甚至惊动了很多附近的邻居围观,细数下来,有五袋大米、二十袋三丁包子、两盆杜鹃、一株垂丝海棠、一棵杏子树苗、一张藤编摇椅、一只老古董自鸣钟,居然还有一辆带顶棚的老人电动车。因为在扬州开了三个月,公公不舍得送给那边的亲戚,所以带了回来。搬电动车的时候,不得已又请了两个邻居帮忙。还好住在底楼,小区没有电梯,要是住楼上,不得要了命。

明明把盆栽都搬进天井里,星星点点的花骨朵让她喜悦,也就不觉得特别疲累。接着,她又把杏树苗带到了天井里,并叫来语冰一起种树。杏树不过一米高,根须却很长，他们一人一把小铲子，挖了一个多小时，坑的深度才勉强能够容纳杏树的根须，然后语冰扶着树，明明填土，接着踩实，浇水。志其搬完东西来到天井的时候，树已经种好了，天也渐渐暗下来。

母女俩累得瘫坐在地上。

"爸爸，怎么样，我们厉害吧？"语冰说。

志其竖起了大拇指，他看上去也是一脸疲惫，但看到树种好了，他还是满意地笑了笑。"就是光秃秃的。"他走近杏树，摸了摸树干说。"都看不出是什么树。"

"会发芽的。"语冰说道。

那天晚上一家人都很开心，吃饭的时候聊了很多，还难得地喝了酒，喝的是去年夏天泡的杨梅酒。大概是为了庆祝这艰难的一天居然就这么过去了，在没有争吵的情况下，一切都过去了。

次日上午，气温升高不少，明明换上明亮的春装，一件绿色条纹衬衫，搭配奶白色绞花毛衣。夫妻俩将语冰送去跆拳道馆，女儿可以在那里可消磨两个小时。然后她就和志其在小区里散步，他们走着走着，穿过小区的中心花园，就到了湖边，那里草木葳蕤，不时有鸟儿在枝头啁啾。春天好像就是从一夜雷雨之后到来的，邻居阿清扫扫门前的白玉兰花瓣，还有人正在花坛里挖野菜，讨论哪种野菜包馄饨更好吃。一棵紫叶李盛放如光，明明和志其不自觉被吸引过去，忽见几只绿色的袖珍小鸟正在欢快地啄食花蜜。明明刚想拿出手机拍下这动人的一幕，它们就飞走了，快如一个闪念。

"刚才那是什么鸟？"明明问志其。

"暗绿绣眼鸟。"志其肯定地回答。

"只看一眼就知道？"明明又问。

"嗯，看多了，就知道。"志其说。

"哦，真是厉害啊。"明明又说。

这大概是明明第一次对鸟类产生兴趣，她突然和志其提到了多年前的"刚狗"，并形容了小时候听到的怪声，其实她已经有八分把握，刚狗应该是一种鸟。志其猜测，刚狗应该是一种猫头鹰，可能是东方角鸮，因为"刚狗"很像是东方角鸮发出的叫声，明明打开手机，搜索东方角鸮的叫声，确实和当年的刚狗一模一样。原来住在竹林里的邻居是一种猫头鹰。困扰了她二十多年的谜团，就这么轻易地被志其解开了。

"如果你没有时间，也可以做一个 city birder，当一个城市观鸟人。"志其对明明说。他们继续走着，志其突然提议要带她去看企鹅。

"我们小区还有企鹅？"明明满脸惊奇。

"是一种很像企鹅的鸟，叫夜鹭。"志其说。

他们走到河边，对岸是一个高档别墅小区。那里的树更高大。"仔细看对岸的树。"

明明随着志其的指向看去，每一棵树上都落停着三五只短脖鸟，羽毛的配色确实很像企鹅。它们愣愣地盯着水面，不知在看什么。就在这时，其中一只夜鹭俯冲入河，它的羽翼拍打着河面，溅起小小的白色瀑布。就在一瞬间，它喙中已经咬紧了一条银色的小鱼。

志其盯着这一幕出了神，嘴里轻轻嘟囔着，要是带着相机就好了。明明看着眼前的志其，忽然觉得遥远。她努力回想他们是如何在一起的，好像是自然而然，又好像是被谁说服。和志其的初次相遇，还要追溯到十多年前。那时她读高三，趁着寒假来市区参加戏剧学院的艺考，她幸运地进入了三试。面试老师问她最喜欢的导演是谁，她羞怯地回答，基耶斯洛夫斯基。面试老师又问及她学习影视的目的。她先是回答想成为导演，后又改口说如果能当一个编剧也不错。说完，她觉得自己没戏了。

考完试，上海降了一场百年一遇的大雪，积雪深厚，寸步难行。那时还没有通桥，轮渡停航，她被困在一家青年旅馆中，暂时无法回瀛岛。晚上闲来无事，就和一起考试的朋友去体育馆滑冰，志其好像是其中一位朋友的朋友，比他们大两岁，在同济读土木工程专业。在那群高中生眼中，他已然是个成人样子，内敛而稳重，长得也斯斯文文的，明明对他颇有好感。

志其戴着 Beats Studio 的头戴耳式耳机，穿着专业的滑冰鞋，滑冰时背着手，在跌跌撞撞的人群中，他却像水中的游鱼般自由。明明穿的冰鞋是从体育馆借的，潮湿、闷热、不合脚，还有一股闷臭的味道。她会滑旱冰，但冰面的感觉完全不一样，那么冷，那么硬，她狠狠地摔了几次，就靠在一边，放不开手脚了。虽然是初次见面，但志其却出奇友好，他对明明说，可以教她滑，然后拉起她的手，要她放低重心，注意用刃。明明回忆起滑旱冰的感觉，只是换了种介质而已，很快，她大胆滑起来，终于能跟上一些志其的速度了。那天他们聊得很开心，听说明明住在瀛岛，志其觉得不可思议。你是住在一个岛上？你是坐船过来的？志其问了很多问题。明明都认真回答。志其很少说自己的事，只记得他就住在体育馆附近，每个礼拜都来滑冰，明明觉得，如果她也住在附近，一定能像他滑得一样好。

明明滑完冰，脱去冰鞋时，发现袜子上竟有血迹，脱去袜子的时候，血和脓一同流了出来。原来左脚脚背上磨破了皮，伤口还挺深。其实滑冰的时候已经感觉到冰鞋里似乎有一个凸起，硌着脚，隐隐作痛。每次蹬腿，那块凸起就会割中一次脚面的皮肤。但不知道怎么的，就是忍住没去在意，大概是不想破坏和志其在一起的时刻，不想让这段交往出现任何停顿。

志其对她说，下次要带自己的冰鞋，体育场的冰鞋都变形了，很伤脚，接着又为她买了创可贴，他们互相留了联系方式，第二天，志其还周到地关心了她的伤情。没想到，明明的伤口竟然感染了，她很快疼得不能走路，明明在上海没有相熟的亲友，一起考试的朋友早就回家了，她就被困在那个狭小的旅店中，无奈她只好求助志其。志其带她去看了医生，还好并不严重，上了药以后，就不那么疼了。明明又在旅馆里住了几天，其间志其每天都来帮她换药。那时明明隐约感觉到，志其这么做只是出于他的家教和为人，而不是别的什么。

回到瀛岛，明明很快收到了戏剧学院的通知，她的三试排在 45 名，而戏文专业只招 20 人。最后她根本没有填报戏剧学院，转而去考了新闻专业。她开始认识到艺术是少部分孩子玩的，而她没有这样的底气和才华。

数年后的一天，志其惊喜地在电视上看到了正在出镜的明明，他们就这样重新联系上，一切顺理成章，恋爱、结婚、生子。但明明并不确定，自己吸引志其的特质到底是什么。后来她渐渐发现，志其是那种不需要爱情的人。他的精神空间足够充沛丰盈，他需要的只是一个组建家庭的伙伴，她就是这样一个良好的合作伙伴。

这么多年志其竟没有多少改变，除了鬓边多了些白发，他依然干净、清爽、消瘦，穿什么衣服都很好看，做着一份体面的工作，业余爱好是观鸟，而不是打牌、打游戏。而她，自从成为母亲以后，就捉襟见肘，没有可以帮衬的长辈，失去了工作，变得一无所有，只能把自己劈开，似乎才能配得上志其提供的安稳的生活。于是她主动开始学习做一个家庭主妇。减肥、化妆、学习保养、学习穿搭、学习开车，学习所有她不擅长的事，还要时刻保持情绪稳定。

在这样一个普通的小区里，竟有如此不容忽视的自然。而那些日子里她在干吗呢？女儿睡眠不好，白天的睡眠也变得异常重要，每一个午后，都是她抱着女儿入睡，两人挤在一张装着婴儿护栏的小床上。女儿没有安全感，容易惊醒，明明丝毫不能乱动。那样的日子没有尽头，像是要持续一辈子。但就在离小床不到一公里的地方，暗绿绣眼鸟在啄食花蜜，夜鹭在水面飞身捕鱼。这一切都在同时发生。而她的时空好像凝滞了，被什么困住，攫住了脚步。她想紧紧抓住幸福，其实只是紧紧困住了自己。她越是用力，那护栏就把床缩得越小。

"难道我就不能是你吗？"

"为什么要成为我？"

"我也想和你一样啊。"

"别说傻话了，现在不是挺好的吗？"

明明好像还说了什么，但是声音很小，小到自己也听不清了。

晚上，明明陪语冰在小房间听有声书。明明太累，竟然睡着了，直到播放的声音戛然而止，语冰才发现不对劲，叫醒了倚靠在床背上睡着的母亲。

"妈妈，怎么没有声音了？"

明明缓慢地睁开眼睛，不可思议，自己竟像老人般戴着眼镜不自觉睡着了。打开手机，发现整个《魔戒》三部曲已经播完了。"故事结束了，乖囡。"

语冰的小嘴扁扁的，快哭出来了。"为什么很久没有听到咕噜和斯密戈？"

语冰大概忘记他们已经死了。明明帮女儿擦去了滚落的眼泪，然后说："不如明天开始，从头再听一遍？"

语冰眼睛一亮说："这样就不会结束了？"

"我们可以跳过结局。"明明认真地回答。她很在意自己对女儿说的每一句话，总有种每一句都是遗言的错觉。

母亲去世大约一年左右，就有人给父亲介绍对象，她是卖保险的，有一个儿子。也许是为了尽快组建新家庭，父亲很快和她登记结婚。明明和他们相处得并不融洽，那个阿姨会把明明的头发剪成香港电影里的八两金，没收她的粘纸、磁带，和同学写给她的信。明明常去墓地看妈妈，有时候会注意别的墓碑，看看那些死去的人都活了几岁。有一次，她看到一个墓碑前放了些玩具小汽车，仔细一看，墓碑上的照片竟是一个孩子，和她同一年生，却在五岁那年死去了。那一刻，她恨不得自己就是那个死去的孩子。如果那一刻死了，就不会失去妈妈。现在回想起来，也许阿姨并不是坏人，只不过那时的她太小，还无法看到未来的可能性，总觉得一切已经完了。

"明明，我想你大概忘记了，后来我们一起去找过无穷洞。"

"这么说，好像是个冬天。"远去的记忆一点点浮上来。明明和秉爱童年最后一次见面是在妈妈的葬礼。秉爱说要陪她一起去找无穷洞。她们走啊走，走出去很远，好像只是为了要逃离那个悲伤的地狱。

"我常常希望弟弟没有出生就好了。我梦到他飞起来，飞到天上消失了。那时想，如果找到无穷洞，就要向它许个愿望，希望弟弟没有存在过。这个想法很可怕，我没对任何人讲过。"

明明想起，秉爱的弟弟在十二岁那年出了意外，溺亡在一条窄窄的小河里。

"天气那么冷，找到他的时候，他的头发，嘴里，鼻子里都是淤泥。"

"都过去了很久了,那是一个意外,不要责怪自己。"

"我是有罪的。"

"你不要这么说。"

"昨天我做了一个很长的梦。我们要去一个地方旅行,就和以前一样,像是要去找什么。但是我在梦里,想不起任何关于无穷洞的事。只知道,到达那个目的地,就能见到他。大巴停在一个非常美丽的地方,水是透明的,玩了些什么根本不记得了,只记得时间过得非常快。天一下子就黑了,什么都看不到了。我们往前走。我很害怕,我很确定,这一刻我是要死了。但是你突然抓住了我的手,对我说秉爱,没关系的。"

二十多年过去,一切都在加速消退,包括张秉爱和无穷洞。他们变得遥远、陌生。现在想来,那个大潭可能是诸多沙屿汇聚成一个大岛时留下的一个间隙,一个遗留的漏洞,潭底曾与东海相通,故深不可测。大潭缘何消失不见了,不得而知。无穷洞可能只是缩小了,变成一个小潭,又变成一个小小潭,最后缩成一个小点,重新回到了东海。也许它只是一个传说,或者只是外婆的虚构。关于无穷洞,还有很多尚未想起的隐秘的故事。兴许,他们不止去找过一次。只要没有找到,就还有向它攫取希望的可能性。她逐渐恢复了记忆,自己也曾是醉心于自然的孩童。想起错失的这一切,她的心就痛得揪起来。

"秉爱,我和你一样,也有过很可怕的想法,好几次希望后妈死掉。但是你看,她活得好好的。生活丰富多彩,业余喜欢在公园里吹吹小号,跳跳舞。秉爱,没关系的,我们没有找到无穷洞。"

"真的吗?"

"真的,等我回来看你。"明明像安慰孩子一样安慰着秉爱。

明明回瀛岛前夕,带语冰去看了小破屋,它比想象中的小很多。屋子周围有一股好闻的春天的味道,毛茸茸湿漉漉的青草地里有跳来跳去的小虫,远处还有一条窄窄的沟渠,不时传来蛙声。暴露在外的房间里长出了青苔,能窥见到其中的床铺、立式电扇,以及一只即将散架的书柜。而从窗户里长出的小树,并不是一棵柳树,而是一棵香樟。在它纤弱的枝条上,正奋力伸展出一些嫩绿的叶子,慢慢舒展开,枝叶顶端,是树形小花,多可爱啊。又吹来一阵风,刮落了老叶,香樟四季常青,并不是它没有枯叶,而是那些叶子都熬过了最冷的日子,等春天新芽抽出,才开始掉落。地面上的叶子是最好看的,有着渐变的或斑斓的暖色,它们在语冰的脚下,发出脆脆的声响。如此温柔的坠落。

"妈妈,你能想象吗?"

"想象什么?"

"一棵树是怎么生活的?它们不能像我们这样四处走动对吗?如果它们想要旅行怎么办?"

"树和人不一样,不需要旅行。"

"我觉得树也会想要旅行。旅途很短,有时候,它想到更阴凉的地方,有时候它想和别的植物抢一点太阳,它的手臂就会往那里生长。妈妈,树一直站在那里吗?"

"是的,树一直在忍耐。"

雨　屋

> 突然间黄昏变得明亮
> 因为此刻正有细雨落下。
> 或曾经落下。下雨
> 无疑是在过去发生的一件事。
>
> ——博尔赫斯《雨》

每到夏天,我们都回到这里。

不是我们无处可去,而是这里凉爽舒适,能让我们顺利度过烦闷的夏天。我们已不太回来参加喜宴,新人与我们的血脉已逐渐远去。但那些寥寥数字的电子讣告,还是能把我们召唤回来。这表明我们对生活不再抱有奢望,更加习惯于满足,就连对死亡的恐惧也日渐消融在繁忙中。这两年,呼唤我们的丧事明显减少。陌生的异乡人来这里开发旅游业,建造崭新的民宿和咖啡馆。而我们的宅邸布满灰尘、湿气,墙体长出霉斑,地板像丘疹一样凸起、爆裂，溢出陈旧的脓液。

就在一切消失殆尽、归元自然之前，我和丈夫请设计师和工匠将这里翻修一新。我们摘除蜘蛛网、捣毁蚁穴、驱赶蝙蝠，壁虎也无处遁形。墙壁都刷上奶白色的漆或贴上乡村风情的碎花墙纸；底层的水泥地板铺满大块香槟色瓷砖；二楼的空间统一使用柚木地板；住所中还配备了空调、冰箱、洗衣机、烘干机、烤箱、胶囊咖啡机和扫地机器人。虽然远离城市，但没什么好担心的。这栋百年老宅摇身一变，成为我们的心之所往。我们穿行于芳香的田野小道，在凉爽的、蛙声四起的黑夜无尽漫游，这是一年中最无忧无虑的日子。友好的新邻居常送来地头种的丝瓜、扁豆、圆茄子和各种颜色的甘蓝。一公里外的菜市场，能买到带血的羊肉和黑毛猪肉。如果要吃西餐或者日料，网购食材也是可行的，附近有固定的驿站方便取货。

从宅邸散步出去，要经过一片密林，晚上那里时有异声訇然作响。女儿害怕，但我们无动于衷——只是一棵老树死去罢了。那些高大的水杉、樟树年岁深远，长年经受潮汐的考验，雨季一长，根系浸泡在水中愈发软弱无力。狂风大作时，它们像油尽灯枯的老人无力抵抗，树干折断，扑倒在地。但它们不算真正死去，那些暴露的树瘤里也许还住着养儿育女、囤积浆果的长吻松鼠。

它们不打算马上搬走，尚在物色合适的地址。在湿漉漉的枝叶间，还盘踞着轻盈的白鹭，虽然树已死去，但它们还是习惯回到这里，做着捕食青蛙和鱼蟹的美梦。

夜晚，偶尔能望见密林中波光闪闪，仔细看去，竟是一处不为人知的湖泊，镜子般大小。人们说，那湖不远，但因为终日被雾气包围难得一见。湖泊清浅，最深处只达肩膀，只要在湖中站立起来，即使不会游泳也不至于淹死，但偏偏每年都有人失足在湖中溺死，多是夜晚满载而归的渔民，胃里又装满了酒。湖泊地势较低，周围密林环绕，虽只有一米多深，却从未干涸。白天浓雾笼罩，只要站在高处对着湖面大喊一声，雾气竟得了心智般凝聚成积雨云层，不一会儿就下起雨来。雾最浓重时哪怕讲话声音大一点，瓢泼大雨随时倾泻而下，直到人迹远去雨势才逐渐消匿。夜幕降临，湖泊上缭绕的雾气完全退散，湖泊显现出它波澜不惊的原貌。无风的时刻，尤其像镜子一样平坦、光滑。也许是雾太深重，小时候去寻湖，从未觅得。长大后和别人提起此事，他们大多没有印象，说不出个所以然。我想大概是因为孩童在学习语言阶段，试图把图像、信息、发音糅合到一起，形成一张世界图景，但他们还未习得隐喻的要领，因此他们所认识的现实世界往往互相矛盾，虚实交加。当他们学会修辞后，那些陈旧的语言又被加工成一张崭新的回忆膜。

女儿从不随我们到这乏味的地方消夏。四岁时，她的左眼长了肿瘤，不得已切除了眼球，佩戴义眼。虽然义眼做得非常逼真，但与真眼球还是差别明显。它不能灵活地转动，缺乏水分，也无法折射出世界的轮廓和细节。不过女儿能巧妙地掩饰过去，几乎没有人能注意到。她平时戴着一副玳瑁边的近视眼镜，形象并不出众。不过她把头发留长到腰间，保养得又黑又亮，人们第一眼总是会注意到她的头发，而不是脸。与人交谈时，她习惯用大幅度的手部动作转移视线。大学以后，她租住在校外，从不与大家同吃同住，她乐于被淹没在人群中。不久前，我们刚为她更换了新的义眼，把玻璃材质换成生物安全性更高的 PMMA 材质。但我们很快发现，好不容易度过了磨合期，女儿却又重新戴上了那颗玻璃义眼。我们询问她新眼睛的去向，她解释，晚上摘下来清洗的时候不小心落到水管里去了。后来她生了一场病，一周没有出门。为了安抚她，我们很快又为她订购了一颗新的义眼。

来到这里后，女儿依然沉默。她只在就餐前后和我们说一会儿话，然后钻到自己的房间里，几乎不发出任何声音。有时我怀疑，她失去的不只是一颗眼珠，还有听觉、味觉、触觉……反正不只是一颗眼珠。

为了让她在餐桌前多逗留一会儿,我做了她爱吃的千层面。制作千层面的过程繁复而漫长。先要用黄油、面粉、冷牛奶、帕玛森芝士炒出白酱;然后用欧芹、白洋葱、胡萝卜、口蘑、牛肉糜、罐头西红柿、萨拉米香肠炒出肉酱。一层肉酱,一层面片,一层肉酱,一层白酱……循环这个过程,直到铺满容器,再用马苏里拉芝士和帕玛森芝士封顶,最后放入烤箱,就像把所有数学原理、物理法则、万物粒子通通扔进一锅原始汤,而烤箱的作用相当于给出一个暴胀场,只要掌握好比例,结果无出其右。白酱完全融化到膨胀的面片里,肉酱中的各种香料互相融合制衡,散发出浓郁的诱惑性气味。芝士负责增加每一层之间的黏合度,也为千层面提供了强韧又柔软的复杂口感。如果没有芝士,就像宇宙没有重力,一切无从谈起。

我乐此不疲,每次都要做足十人份,仿佛要宴请所有认识的邻居到家里来吃,甚至够得上一顿"最后的晚餐"。其实食客只有我们一家三口,剩下的千层面被均匀切成小块,用保鲜袋装好,置入冰箱的冷冻仓存放。那晚,我们吃得尽兴,丈夫开了一瓶冰酒,庆祝第一张黑洞照片的诞生。女儿吃了很多千层面,热量使她放松警惕,不再紧张得手舞足蹈。她平缓地放下叉子,用手自然地托着下巴,和我们说起上个月她看的一场名叫《雨屋》的现代艺术展。我听说过这个展览,名头很大,一票难求,主题设定为"万物与虚无"。艺术家利用现代装置技术,营造出一场"虚妄"的大雨——人们走进瓢泼大雨中,却不会淋湿。

"大家只是为了拍照罢了,还有博主做网络直播。因为设备和技术问题,还是会被雨淋湿。当我们冲进大雨时,工作人员干脆忘记打开装置开关,我们毫无防备,被淋得满身湿透。大家在雨中抱头鼠窜,一个年轻人忽然在拥挤中滑倒,摔断了尾椎骨。"女儿谈论这些的时候面无表情,她总是能保持冷峻的上帝视角。"他不仅卧床一个月,还错过了期末考试和一场重要的面试。"

"你认识他?"我问。

"是我送他去的医院。"女儿回答。

"他现在好了吗?"我猜他们之间肯定发生了些什么。

"可以找美术馆和主办方谈赔偿。"丈夫冷不丁插上一句。他的手里还滑动着手机屏幕,目光锐利,就像搜索腐尸的鹰。当然,他从不用这样的目光看待我们。他也从不妄想置身话题的中心。

女儿忽然低头看向盘子中的食物残渣,然后端起自己的餐具,默默钻入厨房。我听到她往盘子中挤了点洗洁精,打开了那个强力水龙头。

晚饭后,丈夫泡了杯浓茶躲在房间里写教案。他把冷气开得很大，我一般不会在这时候和他待在一起，只要一觉得太冷，我的咬合紊乱就会发作。我和女儿难得地出去散步，路过密林时，我仿佛又见到那片呼风唤雨的湖泊，于是就和女儿谈起这个传说。女儿听后萌发了去寻湖的念头，我便带着她一直往前走。夜色渐沉，我们沉浸在密林吹来的风中，细嗅风带来的针叶植物的气味。

我们已经很久没有像那天一样，真的聊些什么。不知为何，我突然说起一些连我自己都不熟悉的往事。"你的曾曾外婆，死去的时候还很年轻，就和我现在差不多。她死的那天，下了很大的雨。你曾曾外公守夜的时候，洪水就灌到家里来了。桌子、长凳、货柜都像小船一样浮起来。你曾曾外婆的棺木也浮起来，像小船一样飘走。所以，我们的祖坟里没有她，她就这么消失了，家人寻到下游，等了好些年，也不见回来。"

"就这么消失了？"

"我也是听大人们说的，真相与否，俱不可考。"

"也有可能是为了掩盖什么吧。"

我对女儿产生这种想法，并不感到奇怪。她活得很艰辛，或许内心隐约恨着我们。她深知他者永远无法感同身受。哪怕是那些声称爱她的人。

其实我从未见过曾外祖母，她去世的时候，连我的母亲都还没有出生。我甚至不知道她的名字。曾外祖父去世后,就更没有人知道曾外祖母的确切姓名,连日常使用的乳名、外号、别称,也一个都说不出来。

忽然下雨了,虽然雨势不大,但很有可能马上就大雨滂沱。一时间我们往前不是,往后也不是,就像划水到湖中央,力气所剩无几时的孤立无援。女儿似乎没有停下来的意思,但雨越来越大,我们最终放弃寻湖,往宅子奔去。在雷声的追赶下,我们的脚步越来越快。我们大口喘气,终于在全身湿透之前回到家里,一道鱼背般的闪电瞬间将天空劈裂,紧随而来的雷声震得地面发抖。那些静默的私家车、电瓶车不约而同号叫起来。更为暴烈的大雨顺势而下,外部的世界顷刻化作一团白雾。

入睡前,雨势才衰弱下来。世界再次陷入浩瀚的蛙声。我们已多年没有听到蛙声,大概是河流环境整治有力,离开多年的青蛙又回到这里?亦或是童年时代的声嚣不小心溢入了当下的世界。我进入女儿的房间,嘱咐她睡觉前关紧门窗,以防大雨突来。她看起来心事重重,正在翻看奥康纳的短篇小说集。她猝不及防地问我:"妈妈,到底什么是爱?"

"牺牲。"

"爱是牺牲?"

"对我来说是的。"

"也就是说,如果你爱我,会为了我牺牲?"

"是的，宝贝。"

我把手指埋进她致密的发间，像抚摸婴儿那样抚摸她。

"那我是不爱你的。我做不到为你牺牲。"

"孩子的爱和父母的爱是不同的。"我耐心地说。生怕她被自己伸出的刺扎伤。

我忽然觉得那个湖是无处不在的，所以找不到。因为我们已经在湖里了。女儿如是说。

我的生活，确实被水层层包围。当我还是个少女时，这里也曾下过一场无边无际的大雨。那时排水系统还不像现在一样健全，河水暴涨，很快超过警戒线，污浊的、携带传染病菌的水从四面八方涌到屋子里来。我们不敢出门，洪水里潜藏着可怕的漩涡。很多人都死了，我们害怕得哪儿也不敢去。尸体被泡得面目全非，一些被洋流冲了回来，回到自己家中。更多的人消失在神秘的洪水中。其中也包括我的邻居，一个和我同岁的男孩。我们小时候经常在一起玩，他有一只宝盒，里面收集着死去的飞蛾、蝴蝶、绿头苍蝇，以及花斑蜘蛛蜕下来的壳。当他打开宝盒，向我展示他的宝藏时，我吓得头皮发麻，整整一年没有理他。后来他有了别的爱好，他得到一个拍立得照相机，经常用它记录下那些被火灾、闪电、暴风雨摧毁的事物。按下快门后，相纸缓缓从相机里升起。

起初相片上混沌一片。他抽走相片，用手的温度使图像显形：一棵树苗、一张公园长椅、一间教室、一排路灯，甚至是一条河流。我害怕有一天，我也会被摄入他温热的相纸里。

洪水来时，我们猝不及防。有人刚下到水里，就触电身亡。暴雨持续了几天，失踪的人越来越多。附近的动物园也被洪水冲垮。我们从新闻里看到月熊和豚鹿逃到没被洪水淹没的高地上。其实那算不上动物园，原本只是临时来小镇上演出的动物马戏团，一个富商看完演出后可怜那些伤痕累累的动物，就出资买下它们：一只孟加拉虎、一只豚鹿、一头月熊和六只猴子。他为它们搭建了一个小花园，还专门请了两个饲养员。后来富商因病去世，动物园几近荒废，动物们饿极了就跑到镇子里吃垃圾。我的邻居，那个小男孩，经常会偷一些食物去喂那些动物。谁会想到，那只孟加拉虎忽然产下一只幼崽！这件事很快见诸报端，因为动物园里根本没有雄性老虎。报导把母虎生崽称为"神迹"，称它们为圣母和圣子。多好的宣传，动物园顺利得到一个天主教堂的资助。但洪水突如其来。男孩听说后，撑着一艘小船就往那片高地去。但他再也没有回来。救援人员赶到时，动物们都淹死了，不久尸体就被冲到下游。唯独不见孟加拉虎和它的幼崽。我心里隐隐觉得，或许男孩找到了老虎。

刚认识的时候，我曾对丈夫说过这个故事。这是我们当时为数不多的永恒话题。每次谈起，他都会从我的话语间挖掘更多细节，甚至允许我轻微杜撰。晚上丈夫和我聊起最近的月象。这两天他除了写教案，就是观察星象，记录月象。虽然经常下雨，但每晚总有放晴的时段，视宁度也不错，能够清晰地观察到陨击和月海。

"月亮越来越瘦，接近残月。阿里斯塔克环形山和蛇谷即将日落。南半球的伽桑狄环形山也非常突出。其实半个月亮才最好看，特别是用望远镜看的时候。沿着月球上明暗交界的晨昏线，错落的环形山在阳光的斜射下特别凸显。甚至可以看到山峰投出的狭长阴影。满月时，光把一切照得太亮，反倒什么都看不见。"

我对他的月球观测向来不感兴趣。在我眼里，月象的变化没有任何意义。我们看不到月球的最终命运，就像永远无法触及宇宙的诞生和毁灭。后来丈夫又说起一部科幻电影。

"刚才看了简介，好像不错。"

"我很早就给你推荐过。"

"是吗，我怎么不记得了。"

"你打开硬盘，应该下载在里面了。"

他打开硬盘，电影确实在里面。

类似的对话每天都要上演。我们就像没落的舞台剧演员，永远排演着寥寥几出戏剧。我们忘却了很多事，对最初一起生活的决心感到不解。久而久之，不免怀疑，我们是否因为感到绝望才会相爱？在瞬息万变的风中，月亮被一片浓重的乌云裹住。丈夫终于放下那只宽口径望远镜，他靠近我，把手伸进我的衣服里，开始触摸我的乳房。但我们没有做爱，他这么做只是为了安抚我。

　　又开始下雨。也许是为了让他害怕，让他注意到我，我又谈起那场洪水。

　　"那时死了好多人。说不定还会再发生一次。"

　　丈夫淡然一笑，表示雨量根本没有那种威力，况且政府早就升级了排水系统，灾难不会重演。我坚持将他引向地下室，向他展示那艘年迈的杉木渔船，以及一艘崭新的皮划艇。洪水后，家家都配备了这样的救生装置，以备不时之需。杉木渔船便是最好的存证。皮划艇是我从网上买的，本来打算假期里和家人在湖中划船荡漾，但不出意料一次也没用上。丈夫对家里的物件、摆设、粮食储备一无所知。我乐于向他展示我的劳动成果：一条熨烫平整的领带，一顿精心准备的美餐，一间布置考究的卧房，但我知道，他从未看上过我的付出。

　　丈夫好像对那艘杉木渔船产生兴趣，他用手抚摸着它的表面，似乎在等待什么。我倚在地下室的出口，有些嘲弄地说："我知道你还没死心。我可以在这里给你弄个工作室。"

"你知道我在研究什么？"丈夫脸上挂着明显的笑容，但我却感觉被抽了一记耳光。我将倚在地下室出口的身体移开，然后关了灯，地下室瞬间漆黑一片。我马上抽身往光亮处去，并对黑暗中的丈夫说，走吧，我想睡了。

他曾经是一名理论物理学家，但后来他研究的领域被物理学界完全推翻。就像曾经的"以太"。他放弃了所有科研项目和研究，转行成了一名大学物理老师。以前的事绝口不提。也许是事业对他的打击太大，他变成了另一个人。每当我兴致勃勃地同他谈起那些发生在露天影院、公园长椅、工作室角落的性爱时，他总是转起他手中的原子笔，摆出一脸不可置信的样子。仿佛是我绑架了他，还消除了他的记忆。

回到房间后我听到雨声变大，就去关阳台的窗户。夜雨中，隐约出现一座新宅，离我们约有二三十米远。我不记得那片荒地还有房屋，于是把丈夫叫了出来。忽然，那栋宅子里蹦出一个裸着上身的少女，她慌慌张张收了几件内衣，鹿一样奔回屋子。虽然看不清她的五官，但她的皮肤白得发亮，乳房像水蜜桃一样盈盈有力。

房子，好像没见过。但也许是没注意吧。丈夫说完，神情凝重地退回屋里，不发一言。我发现了他下体的肿胀。半夜,他忽然从梦中惊起,满身大汗,和我说起了他的梦。他被一条徒生于两腿间的淙淙细流充分浸湿。水位渐涨,细流奔腾成河流。他放弃了对身体的控制,于是洪水带离他,遁入难以解释的地带。

"仲夏时节,只有河水是冷的。水不深,可以在河中站立。但河水浑浊,什么也看不见。河底崎岖、扎脚,我一步一哆嗦。我感觉踩到某种生锈的金属,便伸手去摸,是自行车的某个部位。可自行车何以沉到河底,却不得而知。"

浪花将他拍醒。雨还在下,世界暂时失去声音。他忘了自己是谁。亦没有时间的概念,就像万物初生时那样,说不清过去,道不出未来。所有的事物都只有大致的轮廓,等待着被指认,被赋予灵瞬。

早上,雨停了。但地下室里灌满了水,那些布艺的家装算是完蛋了。我们来到屋外,邻居早已开始排水工作。我们借来一个抽水泵,也向外排水。等屋里的水排干时,我们已精疲力尽。女儿睡到中午才醒,对发生的事情一无所知。丈夫有点生气,说了她几句,她又一声不吭回到屋子里,修炼她的沉默。下午我们联络了物业和市政部门,总算有点效果,他们带来了大型的抽水泵和防洪沙袋。睡了个午觉后,我感觉体力充沛,到集市上买了新鲜食材,炖了一锅红烧牛肉。

又下了一夜雨，虽然门口放置了防汛沙袋，但我还是不放心，夜里起来查看多次，还好屋里没有进水。到了早上，我才安然睡去。就在放松警惕的几个小时里，洪水决堤，猛兽般扑了进来。当我推开房门去找寻找家人时，世界已变成另一副模样。到处都是水，周遭异常安静，只听得到水中的声嚣。远处的房屋消失了，它们的屋顶形成一座座小山，上面站着向天空求助的跳跃的小人。我匆匆跑下楼，发现洪水淹没了地下室，在浑浊的水里，游动着一些黑乎乎的水生物。可能是鳗鱼，也可能是水蛇。厨房的餐桌上，站着一只巨大的说不上名字的水禽，它刚从这片水域里捕获了一条银色的小鱼。

我看到女儿正在厨房里抢救食物。而她的父亲，不知去向。

"爸爸在外面。"

还好我们的客厅里只有少部分积水。我走出屋子，发现远处有一个男人，正撑着一艘小船漫无目的地航行。虽然他很像我的丈夫，但我已然恍惚，所有的确定变为不确定。顾不了那么多，我的脑中只有生存。我马上回到厨房，女儿告诉我家里已经停电，信号也没了。于是我们齐心协力用最快的速度分装好食物，全部运到楼上，又转移了大部分生活必需品。当我们准备休息一会儿的时候，屋外传来丈夫的声音，他朝我们大喊，让我们到外面去。我们看到他放下手中的桨，任由小船漂在水中，他的周围漂过很多气球一样的浮尸。丈夫指着浮尸漂来的方向，大声说着什么，但我们听不到他的声音。女儿猜测，他想告诉我们，尸体和洪水都是从那里来的。

丈夫回来了，把船牵在屋外的门柱上。我们以为他要进屋，但他牵好船后，又向洪水靠近。我马上冲到楼下，但为时已晚，他毫无预兆地向水中纵身一跃。我和女儿同时哭喊着叫他，但他已听不到我们。他在水中逆流而上，却一次次被冲退。最后被一个翻滚的浪花盖住，再也没有冒出来。他永远不会知道，建造一座舒适的家园要付出怎样的艰辛。

他的一生好像都在等待一场雨。

更多的洪水流向这里，我们关了大门，赤着脚咚咚跑上楼，女儿想去换身衣服，但她的屋子里出现一种恼人的、不正常的咕咕声。我示意女儿站在原地，然后独自轻步过去，顺手抄起了门后一把摆弄花草的小铁锹。我永远无法忘记眼前的一幕，就在女儿柔软的弹簧床上，趴着一只气喘吁吁、浑身湿透的老虎，它像乌云一样占满了整张床，它身上的花纹、锋利的爪、长满倒刺的舌头和鼻腔里所发出来的不可思议的共鸣声，都足以说明它能将我一击毙命。但事情好像还有转机，我马上发现它的身下，匍匐着一只拼命吮吸奶水的小老虎，它已昏昏欲睡。这只可怕的猛兽一定是经历了长途跋涉，此刻已经耗尽体力，定不会立刻捕杀我。于是我飞快地带上门锁，将它们反锁在里面。

老虎？女儿用气声说。

我点点头。她有些害怕，又忍不住好奇，探头探脑地往猫眼里探索。我拉着她的手回到我的房间，把门锁住，然后用床和楠木椅子抵住了门。我们很快陈列好食物，然后瘫坐在地上面面相觑。我们还来不及悲伤，就落入了另一个迫在眉睫的绝境。老虎的房间里有一扇很容易打开的窗户，等它睡饱了，一定会下来把我们吃掉。

"我们得喂它。它在哺乳。"我说。

我从刚刚整理好的食物中，选出一块冻得像石头一样硬的牛腩。解冻之后，我可以把它穿在竹竿上。然后想办法从女儿房间外的排水管道爬上去，慢慢靠近窗口，不动声色地把牛肉投掷进去。老虎看到肉，会第一时间扑过去。我甚至听到了它撕肉和吞咽的声音。它应该会很快吃完那块肥厚的牛腩，对它来说像吞下冰激凌一样轻松。但这远远不够。它会从那个窗户里挣脱出来，跳进水里，然后寻着活人的气味找到我们。老虎会先扑倒女儿，它一眼就能看出那只眼睛的破绽，评定她更容易得手。

没关系，我还为它准备了下一餐，我们有鸡排、羊肉、千层面和一锅红烧牛肉。我一夜不眠，做了最坏的决定。如果救援队迟迟不来，我会自动走入那个房间。先露出我的脖子，以最快的方式死掉。我的尸体至少能够让它吃一个星期。这段时间内，女儿不至于饿死。

"妈妈，爱是献祭。"

"是什么？"

献祭，女儿重复道。她忽然告诉我，那个摔断了尾椎骨的男孩识破了她的掩饰，他知道那是一只假眼睛。女儿的心先是破碎，后又融化。男孩坦白无法爱她，但他可以要她的眼珠。女儿同意了，她摘下自己最珍视又最唾弃的东西，交到他手中，看着他放入一只木头盒子里。与义眼一起存放的，还有一段被烧焦的树枝，和一只灰喜鹊标本。

我又问，他拍了你的照片？

是的，女儿承认。他用拍立得拍下了她空洞的左眼。我感觉天灵盖处有一根生锈的针缓缓刺入。我忽然想起那一夜，密林中出现一栋和这里一模一样的宅子。一对中年夫妇正在观察我，而我只穿着一条内裤。

这些痛苦我一再经历。

老虎的胃口很大，我没料到它的孩子也吃肉了。五天后，食物所剩无几。好在洪水开始退却。也许我不该把老虎锁在家里，它们漂流得太久，此刻正需要一个舒适的牢笼，一座真正的动物园。我感觉我心中的洪水也渐次退却，形成一股涓涓细流。越来越微弱。水勉强没过膝盖，这时已经不需要船了。我长舒一口气，准备趁虎睡着时，帮它们打开房门。而我会带着女儿离开这里，回到我们赖以生存的城市。

地势低矮处，水位依然很深。就在洪水的尽头，绿色的天幕逐渐被阳光打亮的地方，正漂来一艘摇摇晃晃的小船。

"妈妈，有船来了。"

女儿的右眼中升起一柱猩红色的黄昏。而左眼是燃烧后的灰烬。

"不，不是船。"

是一口棺木，里面躺着一个死去不久的女人，她的周围铺满鲜花，花瓣上挂着雨珠，一部分开始枯萎。她看起来似曾相识。我和女儿相视一眼，忽然什么都明白了。每到夏天，我们都回到这里，因为无处可去。